IQ探偵《アイキューたんてい》ムー

時《とき》を結《むす》ぶ夢羽《むう》

作《さく》◎深沢美潮《ふかざわみしお》　画《が》◎山田J太《やまだじぇいた》

ポプラ社

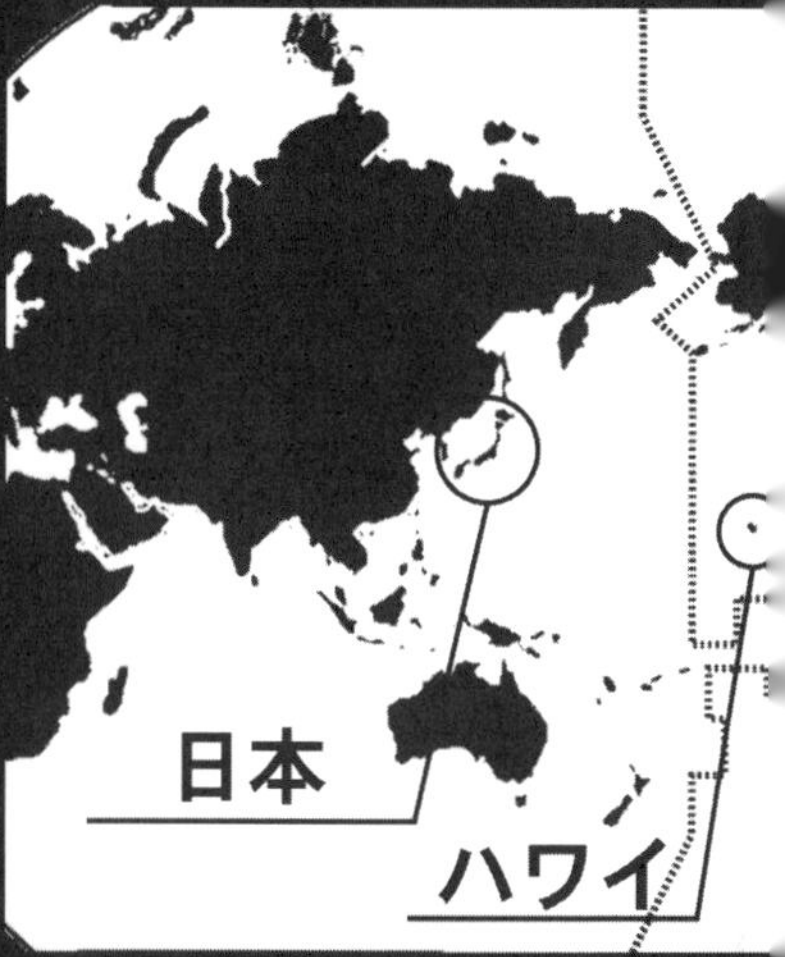

日付変更線

小林は左手をぎゅっと握って、前に出した。

「これを地球だとするよなぁ。そしたら、ここに……」

と、指の関節あたりを右手でなぞった。

「日付変更線ってのがあるんだ」

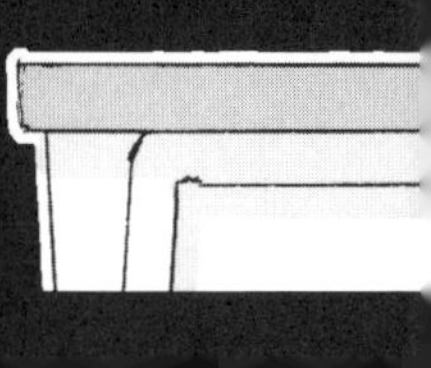

深沢美潮《ふかざわみしお》

武蔵野《むさしの》美術《びじゅつ》大学《だいがく》造形《ぞうけい》学科《がっか》卒《そつ》。コピーライターを経《へ》て作《さっ》家《か》になる。著作《ちょさく》は、『フォーチュン・クエスト』、『デュアン・サーク』（電撃文庫《でんげきぶんこ》）、『菜子《なこ》の冒険《ぼうけん》』（富士見《ふじみ》ミステリー文庫）、『サマースクールデイズ』（ピュアフル文庫）など。ＳＦ作家《さっか》クラブ会員《かいいん》。みずがめ座《ざ》。動物《どうぶつ》が大《だい》好《す》き。好《す》きな言葉《ことば》は「今《いま》からでもおそくない！」。

山田《やまだ》Ｊ《じぇい》太《た》

１／26生《う》まれのみずがめ座《ざ》。O型《がた》。漫画家《まんがか》兼《けん》イラスト描《か》き。『マジナ!』（企画《きかく》・原案《げんあん》EDEN'S NOTE／アスキー・メディアワークス「コミックシルフ」）、『ぎふと』（芳文社《ほうぶんしゃ》「コミックエール!」）連載中《れんさいちゅう》。１巻発売《かんはつばい》の頃《ころ》やって来《き》た猫《ねこ》は、3才《さい》になりました（人間《にんげん》で言《い》うと28才《さい》）。

目《もく》次《じ》

★登場人物紹介《とうじょうじんぶつしょうかい》●●●

杉下元《すぎしたげん》

小学五年生《しょうがくごねんせい》。好奇心旺盛《こうきしんおうせい》で、推《すい》理小説《りしょうせつ》や冒険《ぼうけん》ものが大好《だいす》きな少年《しょうねん》。ただ、幽霊《ゆうれい》やお化《ば》けには弱《よわ》い。夢羽《むう》の隣《となり》の席《せき》。

茜崎夢羽《あかねざきむう》

小学五年生《しょうがくごねんせい》。ある春《はる》の日《ひ》に、元《げん》と瑠香《るか》のクラス五年一組《ごねんいちくみ》に転校《てんこう》してきた美少女《びしょうじょ》。頭《あたま》も良《よ》く常《つね》に冷静沈着《れいせいちんちゃく》。

ラムセス

夢羽《むう》といっしょに暮《く》らすサーバル・キャット。

竹内徹《たけうちとおる》、目黒裕美《めぐろひろみ》

五年一組《ごねんいちくみ》の生徒《せいと》。

峰岸愁斗《みねぎししゅうと》

イケメンの刑事《けいじ》。

小林聖二《こばやしせいじ》

五年一組《ごねんいちくみ》の生徒《せいと》。
クラス一頭《いちあたま》がいい。

大木登《おおきのぼる》

五年一組《ごねんいちくみ》の生《せい》徒《と》。食《く》いしん坊《ぼう》。

河田一雄《かわだかずお》、島田実《しまだみのる》、山田一《やまだはじめ》

五年一組《ごねんいちくみ》の生徒《せいと》。「バカ田《ダ》トリオ」と呼《よ》ばれている。

江口瑠香《えぐちるか》

小学五年生《しょうがくごねんせい》。元《げん》とは保育園《ほいくえん》の頃《ころ》からの幼《おさな》なじみの少女《しょうじょ》。すなおで正義感《せいぎかん》も強《つよ》い。活発《かっぱつ》で人気《にんき》がある。

三枝校長《さえぐさこうちょう》

銀杏《いちょう》が丘《おか》第一小学校《だいいちしょうがっこう》の校長《こうちょう》。

小日向徹《こひなたとおる》

五年一組《ごねんいちくみ》の担任《たんにん》。
あだ名《な》はプー先生《せんせい》。

塔子《とうこ》

夢羽《むう》の叔母《おば》。本名《ほんみょう》は
ユマ・ウィルキンソン。

★
銀杏《いちょう》が丘《おか》市《し》MAP
農業高校
吉野湯
自動車工場
久美の家
公営プール
第二小
咲間川
第二中
喫茶ナイアガラ
警察署
国道
カムパネルラ商会

裏山
島田の家
五部林公園
愛子が淵
和野戸神社
瑠香の家
夢羽の家
元の家
第一中
第一小
エリーゼ女子大
寿万寺
あけぼの湯
N
ギンギン商店街
コミュニティ
センター
薬局
銀行
寿湯
図書館
州子稲荷

時《とき》を結《むす》ぶ夢羽《むう》

★春眠《しゅんみん》、暁《あかつき》を覚《おぼ》えず

1

早春。

まだ春とは言えないけれど、でも、冬じゃない。

杉下元《すぎしたげん》は毎年、この季節がつらい。

幸い、友達《ともだち》の小林《こばやし》みたいに花粉症《かふんしょう》ではないけれど、どうにもこうにも眠《ねむ》いのだ。

いつも授業中《じゅぎょうちゅう》に居眠《いねむ》りをしている夢羽《むう》ほどではないが、朝起きるのが大変だ。

カップ麺《めん》のできあがりを待ってる三分はあんなに長いのに、朝、もうちょっと寝《ね》たいと思って二度寝した時の五分とか十分は、まるで一秒か二秒に感じられる。

「ううう、眠《ね》みぃ」

短く刈《か》った頭を両手でかきむしる。

「そういうのをね。『春眠三日月《しゅんみんみかづき》を覚えず』って言うのよ！」

前の席の江口瑠香《えぐちるか》が振《ふ》り返《かえ》り、得意げに言った。

彼女《かのじょ》は元《げん》の幼《おさな》なじみ。保育園《ほいくえん》の頃《ころ》からのつきあいだが、なぜかいつも上から目線なのだ。

くるんとカールしたツインテール。淡《あわ》いオレンジ色の綿《めん》のセーターにジーンズの生地のキュロット。ポケットのところだけわざとつぎはぎになっている。

彼女はクラスで一番おしゃれだと自認《じにん》している。


ここは銀杏《いちょう》が丘《おか》第一小学校の五年一組。

でもって、今は給食中。

今日《きょう》のメニューはクリームシチューとクロワッサン、野菜サラダとグレープフルーツ、牛乳《ぎゅうにゅう》。

まぁまぁの味つけだ。

瑠香《るか》の言葉に、斜《なな》め隣《となり》の小林聖二《こばやしせいじ》がブッとふきだした。

「え？　何？　わたし、間違《まちが》ってた？」

瑠香《るか》が不安そうに聞く。

ふん、この違いだ。

元《げん》がふきだしでもしたら、目を垂直《すいちょく》につり上げて怒《おこ》りまくるだろうに。

クラス一の秀才《しゅうさい》で、背《せ》も高く、美少年の小林《こばやし》はこの季節、大きなマスクが手放せない。

さすがに給食を食べている時は別だが。

花粉症《かふんしょう》だから、いつも目がうるんでいるように見える。それがまた女子にはたまらないそうだ。

今は銀縁《ぎんぶち》の眼鏡《めがね》を花粉症対策《たいさく》の大きなプラスティック製《せい》のゴーグルみたいな眼鏡に替《か》えている。これがまた美少年がかけると、かっこいいのだからおもしろくない。

小林《こばやし》は笑いながら言った。

「それを言うなら『春眠暁《しゅんみんあかつき》を覚えず』だよ。なぜ『三日月《みかづき》』なの？」

「ええ？　そうなの？　だって、あんまり眠《ねむ》いから三日月になったのも気づかないっていう意味かと思った」

瑠香《るか》が顔を赤くして言う。

小林《こばやし》はますますおかしそうに言った。

「まぁ、意味としては合ってる。でも、『三日月《みかづき》』ではなくて『暁《あかつき》』。つまり、日の出も知らないってことだよ」

「それ、言うんなら、別に春じゃなくたってわかんないよ。日の出の頃《ころ》なんて、寝《ね》てるもんね！」

「それはそうだけど……」

さすがの小林《こばやし》も瑠香《るか》の容赦《ようしゃ》ない反撃《はんげき》にひるんだ顔をした。

「ま、でもたしかに眠《ねむ》いな。オレなんか、花粉症《かふんしょう》の薬飲んでるから、一日中ボーっとしてるよ」

つらそうに小林《こばやし》が言う。

「かわいそう！」

「つらそうねえ」

「わたし、花粉症に効《き》くアメ、今度持ってきてあげよっか？」

クラスの女子たちがよってたかってアピールを始めた。

「ふん！」

元《げん》はつきあっちゃらんねぇと、再《ふたた》びクリームシチューを食べ始めた。

隣《となり》では茜崎夢羽《あかねざきむう》が牛乳《ぎゅうにゅう》を飲んでいる。

数々の難事件《なんじけん》を解決《かいけつ》している美少女として、すっかり有名人になった彼女《かのじょ》だが、別にそれをひけらかすわけでもなく、クールビューティな態度《たいど》は変わらない。

ボサボサの長い髪《かみ》を無造作《むぞうさ》にたらし、黒いタートルネックのセーターに細身のジーンズというそっけないスタイルがまた彼女の美しさをきわだたせていた。

「？」

夢羽《むう》は牛乳を飲む手を止め、元《げん》に目で「なに？」と聞いた。

ふと見たつもりだったのに、ついつい見とれてしまっていたからだ。

「い、いや、えっと……！」

元《げん》は真《ま》っ赤《か》になってあわてて聞いた。いや、質問《しつもん》を大急ぎで探《さが》した。

「あ、そう、そうそう。茜崎《あかねざき》はなんでいつも授業中《じゅぎょうちゅう》寝《ね》てんのかなと思って」

すると、瑠香《るか》も完全に後ろを向いて首をつっこんできた。

「あ、それはわたしも聞きたかったんだ！　ねぇ、夢羽《むう》。なんでいつも寝《ね》ちゃうの？」

「そりゃ、授業《じゅぎょう》がつまらないからじゃないか？　茜崎《あかねざき》には全部わかってることだろうしさぁ」

と、言ったのはクラス一の食いしん坊《ぼう》、クラス一、いや全校で一番体格《たいかく》のいい大木《おおき》登《のぼる》だった。

彼《かれ》はクリームシチューのお代わりをもらい、うれしそうにしている。

大木《おおき》の言葉に夢羽《むう》は首を左右に振《ふ》った。

ふわっふわっと長い髪《かみ》がゆれ、うっすらココナッツの甘《あま》い香《かお》りがした。

「あ、いい匂《にお》い。夢羽《むう》、シャンプー変えた？」

瑠香《るか》が聞くと、夢羽《むう》はまた首を傾《かし》げた。

「さぁ、家にあるのを使ってるだけだから。そう言《い》えば、塔子《とうこ》さんが何か言ってた気がする」

塔子《とうこ》さんというのは夢羽《むう》といっしょに住んでいる彼女《かのじょ》の叔母《おば》さんの名前だ。

しっかし、瑠香《るか》が口をはさむと話が進まない。

元《げん》がイラっとしていると、夢羽《むう》が話をもどした。

2

「授業《じゅぎょう》がつまらないってわけじゃない。プー先生の授業はおもしろいよ」

「へぇー！」

「へぇー‼」

元《げん》と瑠香《るか》が同時に言った。

ふたりはムっとして顔を見合わせる。

プー先生というのは元《げん》たちのクラスの担任《たんにん》の先生のあだ名で、本名は小日向徹《こひなたとおる》という。

夢羽《むう》は笑いながら続けた。

「単純《たんじゅん》に、寝不足《ねぶそく》ってだけだな」

「寝不足？」

瑠香《るか》が聞くと、夢羽《むう》はうなずいた。

「うん。それだけだよ」

「寝不足《ねぶそく》って……夢羽《むう》、いったい何時に寝てるの？」

それは元《げん》もすごくすごくすごく興味《きょうみ》のあるところだ。

小林《こばやし》も大木《おおき》も興味津々《きょうみしんしん》で聞いている。

夢羽《むう》は少し恥《は》ずかしそうに答えた。

「うーん、日によって違《ちが》うけど。昨日《きのう》は夜中の二時かな？」

「に、二時ぃぃ⁉」

「に、二時ぃ⁇」

またまた元《げん》と瑠香《るか》が同時に言う。

「んもう、元《げん》くん、いちいちマネしないでよね！」

瑠香《るか》が口をとがらせる。

「マ、マネって、んなわけないだろ？　同時に言ってんのに」

元《げん》が速攻文句《そっこうもんく》を言うと、クリームシチューのお代わりをもらいに通りかかった河田《かわだ》一《かず》雄《お》がゲラゲラ笑った。

「おめえら、ほんとに仲がいいよなぁ！　おい、元《げん》、結婚式《けっこんしき》には呼《よ》んでくれよ。オレがスピーチしてやる」

河田《かわだ》は思いっきり憎《にく》たらしい言い方で言うと、瑠香《るか》の攻撃《こうげき》をひらりとよけ、笑いながらクリームシチューの鍋《なべ》のほうに歩いて行ってしまった。

あれで、彼《かれ》はクラスの委員長である。

他《ほか》に、山田一《やまだはじめ》、島田実《しまだみのる》と、クラスのお調子者がそろっていて、三人とも名前に「田」がつくところから、みんなに「バカ田《ダ》トリオ」と呼《よ》ばれているのだ。

「それで？　なぜそんな時間まで起きてるんだ？　何か実験でもやってるの？」

小林《こばやし》が聞く。夢羽《むう》はよく実験をしているのを知っているからだ。

でも、夢羽《むう》は首を振《ふ》った。

「そういうこともあるけど、昨日《きのう》は違《ちが》う。母《かあ》さんとチャットしてた」

「母さんとチャット!?」

瑠香《るか》が悲鳴のような声をあげる。

実は元《げん》も同じことを言いそうになったのだが、また瑠香《るか》といっしょになるのが嫌《いや》だったから、ギリで言うのを我慢《がまん》した。

しかし、母親とチャットをするってことも驚《おどろ》きだが、夢羽《むう》が母親のことを「母《かあ》さん」と呼《よ》ぶんだというのも意外だった。

「チャットって、インターネット使って、文章で会話することだよね？」

小林《こばやし》が聞くと、夢羽《むう》はこっくりうなずいた。

「うん。今、両親とも海外にいるからね。チャットで話したほうが安いんだ。でも、時《じ》差《さ》があるからね、けっこうつらい」

「あ、そうなんだ。オレんちもヨーロッパに行ってること多いからね。そういう時はメールしてるけど、そっかぁ、チャットねぇ」

小林《こばやし》が感心したように言った。

彼《かれ》の父親はオーケストラの指揮者《しきしゃ》だし、母親はピアニストなのだ。よく海外に演奏旅《えんそうりょ》行《こう》をしていて不在《ふざい》だという話を聞いていた。

「ほぉぉぉぉ……」

そこにいる全員が感心した。

なんだか、ふたりとも遠い世界の人たちのようで、海外に行ったこともない元《げん》は心にすきま風が吹《ふ》いたように感じた。

「そう言えば、校長先生も先週、カナダに行ってたんでしょ？　時差《じさ》ボケで眠《ねむ》いって言ってた」

思い出したように瑠香《るか》が言う。

「そうそう。だから、今日《きょう》もカナダ料理なんだよな。といっても、フランス料理っぽいな」

料理に関しては誰《だれ》よりもうるさい大木《おおき》が言うと、小林《こばやし》が補足《ほそく》した。

「うん、カナダの一部はフランス領《りょう》だったんだよ。ケベック州とか東のほうは、今もフランス語を使ってる人が多いそうだよ」

「へぇぇぇぇ」

「校長先生も東のプリンスエドワード島に行ったらしいよ。ほら『赤毛のアン』の舞台《ぶたい》になった島」

国際的《こくさいてき》な話が進んでいるうちに、給食の時間はすぎ、昼休みになった。

「おい、大木《おおき》。今日《きょう》も練習すんだろ？」

元《げん》が立ち上がる。

大木《おおき》はうらめしそうな目で元《げん》を見た。

「ううう、でも、いいよ。今日はやめとくよ」

「ダメダメ。んなこと言ってると、いつまでたってもできないぞ‼」

「ううう、そうだけどさぁぁ……」

元《げん》はまだぐずっている大木《おおき》を引《ひ》っ張《ぱ》った。

3

今、体育の授業《じゅぎょう》で鉄棒《てつぼう》をやっているのだが、大木《おおき》は逆上《さかあ》がりができない。それで、こうして昼休み、放課後、休日……と、暇《ひま》さえあれば練習しているのだが、まったく希望の光は見えてこない。

それどころか、どんどん自信がなくなっていき、今では鉄棒《てつぼう》を見ただけでげんなりしてしまうのだった。

しかし、小学生にとって、逆上《さかあ》がりができるかどうかというのはけっこう大きな問題だ。

できる子は最初からクルリと難《なん》なくできてしまう。

最初からできなくても、コツをつかむとすぐできてしまう子もいる。

元《げん》もそのひとりだ。

サルの子のような島田《しまだ》なんかは最初からクルクル何回でも回って、みんなをびっくりさせた。

「ほんと、猿回《さるまわ》しの曲芸に就職《しゅうしょく》したらいいんじゃないの？」

「そうそう。ただし、猿回しじゃなくて、猿のほうにな」

口の悪いクラスメイトたちはそんなことを言い合った。

しかし、島田《しまだ》は平気だ。

「へっへーん、おまえらうらやましいんだろ。くやしかったら、オレより回ってみせろよな！」

これには誰《だれ》も挑戦《ちょうせん》しようという者はいなかったので、島田《しまだ》は得意満面《とくいまんめん》。あまりにそっくり返ってしまったものだから、そのまま後ろにひっくり返り、ゴツンと鉄棒《てつぼう》に後ろ頭をぶつけてしまった。

もちろん、同情《どうじょう》する者はいなかったのだが。


ともかく、元《げん》は友達《ともだち》として、大木《おおき》の特訓《とっくん》をかって出た。

みんな大木《おおき》だけは無理《むり》だろうという目で見ているのが頭に来てしかたないのだ。

しかし、くやしがっているのは元《げん》ばかり。本人は、

「いいよぉ、しかたないよ。オレ、こんなに重いしさ。無理だよ、無理」

と、たいしてやる気がない。

だから、毎度毎度、今のような押《お》し問答《もんどう》のすえ、大木《おおき》を引《ひ》っ張《ぱ》っていかなければならない。

「ぐずぐず言うなよ！　ほら、さっさとしなきゃ、昼休み終わっちまうぞ」

元《げん》は未練《みれん》たらしく椅子《いす》にしがみついている大木《おおき》を引《ひ》っ張《ぱ》り、教室の外に出た。

その時、

「おい、杉下《すぎした》！」

と、プー先生に呼《よ》び止《と》められた。

あだ名の通り、ふっくらしたお腹《なか》でなんともしまりのない……いや、のどかな顔。

「はい？」

立ち止まった元《げん》と大木《おおき》に、プー先生は小声で聞いた。

「さっきオレの授業《じゅぎょう》がつまらないとかなんとか言ってただろ？」

「え⁉　あ、あぁ、違《ちが》いますよ。茜崎《あかねざき》にはつまらないんじゃないか？　って大木《おおき》が聞いたんだ。そうだよな？」

元《げん》が聞くと、大木《おおき》は赤い顔でぶんぶんと首を横に振《ふ》った。

「そんな！　えっと、茜崎《あかねざき》はなんでも知ってるから、今さら小学校の授業《じゅぎょう》なんておもしろくないかなと思っただけで。先生の授業がつまらないって話じゃないし」

真《ま》っ赤《か》な顔になった大木《おおき》のことは放っておき、プー先生は聞いた。

「で？　茜崎《あかねざき》はどう言ってたんだ？」

「プー先生の授業はおもしろいって言ってました」

元《げん》が答えると、プー先生はほっとした顔で笑った。

「そうかそうか」

やっぱり気になるんだなと、元《げん》も大木《おおき》もプー先生をまじまじと見た。

すると、プー先生は照れくさそうに頭をしきりにかいた。

「いやぁ、あいつはいつも授業中に居眠《いねむ》りしてるだろう？　よっぽどオレの授業がつまらんのかなぁと思ってな。そうかそうか、なら、いい」

「あ、そのことなら……」

と、大木《おおき》が言いかけたので、元《げん》は思いっきり彼《かれ》の横《よこ》っ腹《ぱら》をつねった。

「い、いってててて‼」

「ん？　どうしたんだ？」

プー先生が聞くので、元《げん》は「いえ、なんでもないです‼」と適当《てきとう》にごまかし、大木《おおき》を引きずって行った。

「な、なんだよ。茜崎《あかねざき》が寝不足《ねぶそく》の理由を教えたほうがいいんじゃないか？」

大木《おおき》がふくらんだ頬《ほお》をさらにふくらませる。

でも、元《げん》は首を振《ふ》った。

「そういうのは、本人が言ったほうがいいよ。オレたちが勝手に言わないほうがいいって」

「そっかぁ」

大木《おおき》も納得《なっとく》した。

「そういや、オレも二十分休みにいなくなる理由とか、元《げん》に言ってもらいたくないもんな」

そう。これもみんなの謎《なぞ》だった。

いや、大木《おおき》がいなくなることなど、気にしていない女子たちにとっては何の謎《なぞ》でもない。

だが、少なくとも元《げん》や小林《こばやし》など、大木《おおき》と親しくしている男子にとってはちょっとした謎だった。

二時間目が終わった後の二十分休み。

元《げん》はその時も当然鉄棒《てつぼう》の練習をするものだと思ったが、なぜか大木《おおき》がふっと姿《すがた》を消してしまう。それも、毎日毎日。

いったい何をしてるんだろう？　と、不思議《ふしぎ》に思って、大木《おおき》に聞いてみた。

しかし、どうしても理由を言わない。

だから、この前、小林《こばやし》とふたりで大木《おおき》の後をつけたのだ。

結果は……大木《おおき》は職員室《しょくいんしつ》のある一階にある教師用《きょうしよう》のトイレに入っていった。

元《げん》と小林《こばやし》が首をひねりながら待っていると、すっきりした顔をした大木《おおき》がもどってきた。

そして、ふたりの顔を見て、（しまった！　見られた！）という顔になった。

「なんで、いちいちこっちのトイレに来るんだ？」

元《げん》が聞くと、大木《おおき》は観念したように言った。

「だって……こっちのトイレのほうが落ち着いてできるからだよぉ」

「………」

「………」

元《げん》と小林《こばやし》はピンと来た。

そうか！　大木《おおき》は大《だい》のほうをしてるんだ、こっちのトイレで。

なるほど。

たしかに、子供《こども》たちが使うトイレはザワザワしていて落ち着かない。まして、大のほうの個室《こしつ》なんて、女じゃあるまいし、大の時以外は使わないわけで。

そっちに入るところをバカ田《ダ》トリオにでも見つかったら最後、ドアをけられたり、「うんこ野郎《やろう》！」とはやし立てられたりして、出るものも引っこんでしまうだろう。

「そ、そうだよ。おまえらの考えてる通りだよ。オレ、朝からしっかり食べるからさ。二十分休みの頃《ころ》に便所に行くっていう習慣《しゅうかん》になってんだ……」

大木《おおき》はそう言うと、少し情《なさ》けなさそうに笑った。

「バカ田《ダ》トリオみたいなやつらがいるから、困《こま》るんだよな！　あのなぁ、トイレ我慢《がまん》したりしたら、へたすると病気になるんだぜ」

小林《こばやし》が言うと、元《げん》もうなずいた。

「そうだよ。あのさ、これからはオレたちがガードしてやるからな！　大木《おおき》は気がねなく、思う存分《ぞんぶん》うんこしてくれ！」

「う、うん……い、いやぁ、でもさ。いいよ、ここでできればそれでいいから」

大木《おおき》は困《こま》った顔で言った。

ありがたい申し出ではあるが、ふたりががっちりガードしている個室《こしつ》で気楽に大《だい》をするってわけにもいかないではないか。


というようなことを思い出し、大木《おおき》は夢羽《むう》の事情《じじょう》と自分の事情を重ね合わせ、うんうんとうなずいた。

人にはそれぞれ事情というものがあるからな！

「ほれ、さっさと行こうぜ！　休み、終わっちまう！」

元《げん》は大木《おおき》を急《せ》きたてた。

4

元《げん》たちの学校があるのは銀杏《いちょう》が丘《おか》という郊外《こうがい》の町だ。

その名の通り、銀杏が立《た》ち並《なら》んでいる。秋には扇形《おうぎがた》の黄色い葉っぱをゆらし、それはそれは見事な景色《けしき》だが、今はすっかり葉を落としてしまっている。

学校の校庭にも背《せ》の高い銀杏の木が何本も立っていて、鉄棒《てつぼう》のある場所にも並んでいた。

鉄棒には、すでに何人も子供《こども》たちがいて、練習中だった。

「ほら、急げ！」

元《げん》は大木《おおき》に言うと、走って行った。

ようやく鉄棒のひとつをゲットする。鉄棒は、低いのから高いのまで並んでいて、大《おお》木《き》には一番高い鉄棒《てつぼう》よりひとつ低いやつがちょうどいい。

「ふう、危《あぶ》なかったぜ」

元《げん》が笑って言う。

ひとつしか残っていない鉄棒に、ちょうど他のクラスの女子が向かっていたところだったからだ。

ひょろっと背《せ》の高い、その女の子は元《げん》を見て、ムっとした顔になった。

でも、元《げん》は気づかないふりをして、クルンクルンと回ってみせた。

女の子は案外あっさりあきらめ、どこかに行ってしまった。

「ほら、さっさと練習しようぜ！　あと二十分もないぞ」

元《げん》は校舎《こうしゃ》にかかっている丸い時計《とけい》を見て言った。

ちょうどここから正面に見える。

昼休みは一時に終わる。今は長針《ちょうしん》が四十分と四十五分の間にあった。

「う、うん……」

鉄棒に取りつき、大木《おおき》は「えいっ！」とかけ声をかけ、足を上げた。

しかし、かけ声ばかりで足は地面からほとんど離《はな》れてない。

「なぁ、もっとさ。高く足を上げなくちゃ。ほら、逆立《さかだ》ちするくらいの勢《いきお》いで」

元《げん》が隣《となり》で言う。

「う、うん……でも、オレ、逆立ちもできないんだけど」

何もしていないのに、もう大木《おおき》は汗《あせ》びっしょりだ。

「そっかぁ。だけどさ、なんとなくわかるだろ？　頭が地面で、足が空だよ。ほら、もう一回やってみ」

元《げん》は説明しながら、どうもうまくない説明だなと思った。

逆立ちをしたことがない相手に、逆立ちをする要領《ようりょう》でやれっていうのがまず無理《むり》かもしれない。

大木《おおき》は一度、二度、三度とトライしてみた。

だが、逆立ちどころか、足はいっこうに上がらない。

「ほら、がんばれっ！」

元《げん》は大木《おおき》の背中《せなか》に自分の背中をくっつけ、下から押《お》し上《あ》げてやろうとした。

自分も前にそうやってもらって、ヒョイと回れたことがある。しかし、大木《おおき》の巨体《きょたい》を支《ささ》えることなんてできるわけもなく、元《げん》はあえなく地面に尻餅《しりもち》をついた。しかも、その上から大木《おおき》がおしかぶさってきたからたまらない。

「う、うげげぇぇ！　し、死ぬ！」

大げさじゃなく、元《げん》はうめいた。

「うわぁ！」

大木《おおき》もひっくり返ってジタバタやってる。

まるでひっくり返ったセイウチかトドのようだ。

他の鉄棒《てつぼう》で練習中だった子供《こども》たちも笑って見ている。

「くそっ、見せもんじゃねえぞ」

やっと立ち上がった元《げん》は、大木《おおき》の手を引《ひ》っ張《ぱ》り上げ、はぁはぁと息をついた。

大木《おおき》はもう泣きそうな顔である。

「元《げん》、いいよいいよ。オレ、また放課後残ってやるからさ」

「んなこと言って、オレが見てないと、すぐ帰るじゃないか！」

実は、昨日《きのう》もそうだった。

大木《おおき》はひとりで練習したいからと、元《げん》を先に帰したのだ。だが、いったん家にもどってみたものの大木《おおき》のようすが心配で、元《げん》はもう一度学校に行ってみたのに大木《おおき》はいなかった。

自転車で大木《おおき》の家に行ってみると、彼《かれ》は幸せそうな顔でたい焼きをパクついていた。

元《げん》が帰って、十分もたたないうちに練習をやめて帰ってしまったのだ。

「ううん、今日《きょう》は違《ちが》うって。ほんとほんと、約束するよ」

大木《おおき》は拝《おが》むように言う。

「うぅぅむぅ。でもさ、それはそれで。とにかく時間いっぱいやってみようぜ！　ほら、がんばれ」

元《げん》に言われ、しぶしぶまた大木《おおき》は鉄棒《てつぼう》に取りついた。

「えいっ！」

今度はけっこう足が上がった。

「お！　その調子だ」

でも、上がったのは片足《かたあし》だけで、もう一方は地面から離《はな》れない。離れた瞬間《しゅんかん》、ドシンッ！

大きな音をたて、思いっきり尻餅《しりもち》をついてしまった。

「ぃ、ぃうぅ、あぅあうあうっ……」

干《ひ》ものにさせられそうになったセイウチかトドが悲鳴をあげたような声である。

「ううぅむぅ……」

元《げん》は再《ふたた》び頭を抱《かか》えてしまった。

どうすればいいんだ？

やっぱり大木《おおき》の言う通り、無理《むり》なんだろうか??

5

午後の授業《じゅぎょう》はさらに眠《ねむ》かった。

腹《はら》いっぱいになった上に、算数である。寝《ね》るなというのが無理《むり》な話だ。

数字ばかり見ていると、頭のなかで数字が眠りを誘《さそ》うための踊《おど》りを踊っているような気がしてくる。

「ね〜むれ〜、ねむれ〜、ね〜むれ〜、ねむれ〜♪」

数字たちはなぜか色とりどりのとんがり帽子《ぼうし》をかぶっていて、細い手足をしている。

両手をつなぎ、ぴょんぴょこ飛《と》び跳《は》ねながら、歌い続ける。

まるで呪《のろ》いの歌と踊《おど》りだ。

「ね～むれ～、ねむれ～、ね～むれ～、ねむれ～♪」

「ね～むれ～、ねむれ～、ね～むれ～、ねむれ～♪」

ううぅぅ。

だ、だめだ。

もう限界《げんかい》だ。

だめです、呪いには勝てません。

あぁ、オレは呪われた……。

まぶたが重く、くっついてしまう。必死に目を開けようとしても、上がるのは眉毛《まゆげ》ばかりで、きっとオレ、変な顔してるぞと思う。

あぁ、これも呪いなのか。

「A君は、分速《ふんそく》70メートルで家から学校まで歩きました。七時五十分に家を出たら、学校には八時十分に着きました。家から学校までは何メートルあるでしょう？」

プー先生の声が聞こえている。

でも、元《げん》には数字たちの呪《のろ》いの歌のほうが大きく聞こえている。

プー先生の声は、かすかに切れ切れにしか聞こえない。

「く、くそおぉ、呪いの歌めぇぇ」

必死に抵抗《ていこう》していると、いきなりガシっと肩《かた》をつかまれた。

とたんに、数字たちは逃《に》げていった。

不思議なもので、たちまち目が開けられるようになる。

あぁ、呪いが解《と》けたんだ……。

顔を上げると、そこにはプー先生がドアップで迫《せま》っていた。

「ぎゃっ！」

「ぎゃっじゃないぞ。杉下《すぎした》、おまえ、茜崎《あかねざき》のマネして寝《ね》てらんないぞ。あいつは寝ててもわかってるが、おまえはわかってないんだからな。ほら、解いてみろ！」

プー先生はそう言うと、ちびた白いチョークを元《げん》に渡《わた》した。

「え？」

と、黒板を見る。

そこには、さっきの問題が書かれていて、下が空白になっていた。

みんなクスクス笑いながらこっちを見ている。

ひょえぇぇ……！

たちまち顔が真《ま》っ赤《か》になる。

ガタンと音をたて、椅子《いす》から立ち上がると、とぼとぼ黒板の前へ行く。

でも、人間、無理《むり》なことっていうのはある。さっきまで数字たちに呪《のろ》われていた元《げん》がいきなり問題を解《と》くなんてできるわけないじゃないか。

必死に問題を見つめるが、頭に入っていかない。

時間ばかりがチクタクとすぎていく。

「ほら、みんなも解くんだぞ」

プー先生はそう言いながら、みんなのノートをのぞきこんでいた。

そして、一、二分たった時に言った。

「お、大木《おおき》。それでいいんだ。杉下《すぎした》に代わって解いてやれ」

大木《おおき》は頭をかきながら、ゆさゆさと巨体《きょたい》をゆらして黒板の前へやってきた。

そして、何も書けずにいる元《げん》を同情《どうじょう》に満ちた目で見た後、チョークで書き始めた。

$60-50=10$

$10+10=20$

$70\times 20=1400$

答え1400m

「よし、その式の意味を……よし、島田《しまだ》、答えろ」

プー先生はすぐ横の席で消しゴムをオモチャにしていじくりまわしていた島田《しまだ》の頭をぎゅっとつかんだ。

島田《しまだ》はプー先生が隣《となり》にいたこともまったく気づいていなかったので、飛び上がって

しまった。

「ほら、あの式の意味を答えるんだ」

再《ふた》びそう言われ、口をタコのように突《つ》きだし、首をひねった。

「おまえ、問題読んでないだろ。もうちょっと授業《じゅぎょう》に参加してくれよ」

「えぇー、読んでるよぉ」

と、言いながらあきらかに今初めて読んでいる。

「分速《ふんそく》70メートルで歩くって、どういうことすか？」

「だから、一分に70メートルのスピードで歩くってことだ」

プー先生が根気よく説明すると、島田《しまだ》は笑いだした。

「んなの、無理無理《むりむり》。ずっとそんなスピードで歩けるわけないって。途中《とちゅう》で疲《つか》れるかもしれないじゃん！」

「あのなぁ！」

プー先生は苦笑し、今度は隣《となり》の女子に聞いた。

「じゃあ、目黒《めぐろ》、わかるか？」

目黒裕美《めぐろひろみ》は鉛筆《えんぴつ》のお尻《しり》で頬《ほお》をつっつきながら答えた。

「えっとー、『60』っていうのは一時間を分にしたんで……それから『50』を引いたら、十分だから、それと十分足したら、学校までかかった時間がわかるんで……で、『分速《ふんそく》70メートル』だから、『70×20』で距離《きょり》がわかるんです」

「うん、まぁまぁの答えだな。でも、それじゃまだ杉下《すぎした》や島田《しまだ》はわからないだろう。よし、じゃあ図にしてみよう」

プー先生は大木《おおき》と元《げん》がいる黒板の前に行き、くるっと円を描《か》いた。そして、「1」から「12」まで、円の内側に書いていった。

「杉下《すぎした》、これが時計《とけい》だとして、七時五十分を差す長針《ちょうしん》と短針を描いてみなさい」

「…………」

元《げん》はのろのろと、時計の長針と短針を描《か》きこんだ。長針は「10」と数字が書いてあるところと中心を結んだ。短針は「7」と「8」の間に。でも、間はどれくらいなのかと頭をひねった。

「まぁ、その辺は適当《てきとう》でいいよ。この七時五十分から八時十分まで何分かかるかをまず

わからなくっちゃいけないな？　でも、みんながよく間違《まちが》えるのはこの七時五十分の『50』と八時十分の『10』を足したり引いたりしてしまうことだ。それじゃ意味ないよなぁ？」

　プー先生は「12」と書いた円の一番上と中心を結んだ。

「たとえば七時から八時までは何分だ？」

　元《げん》はボソボソした声で答えた。

「60……分」

「うんうん。そうだ。だから、『60』から『50』をひくと、七時五十分から八時までの時間がわかる。で、八時から八時十分までは単純《たんじゅん》に十分だから、その『10』と『10』を足せば、かかった時間がわかるってわけだ。そこまではわかったか？」

元《げん》はうんうんとうなずいた。

たしかに、こうして説明してもらうと理解《りかい》できる。

でも、自分だけで考えていると、頭がこんがらがってしまうのだ。

6

「大木《おおき》、すごいなぁ。よくわかったよなぁ」

次の休み時間、元《げん》は大木《おおき》に言った。

算数など、元《げん》と同じで決して得意じゃない大木《おおき》がちゃんと答えられたのが驚《おどろ》きだったからだ。

大木《おおき》はしきりに照れて言った。

「最近、ちょっと算数が好きになってきたんだ」

「う、うっそぉぉ‼　どうやったら、そんなことになるんだよ。何があったんだ⁉」

元《げん》は心から叫《さけ》んだ。

　すると、大木《おおき》はますます巨体《きょたい》を小さくして、顔を赤くした。

「問題、解《と》けるとさ。スーっとするんだよ。なんかね。だから、ちょっと勉強してみたんだけど、そしたら、どんどん解けるようになって。ますますスーっとするようになったわけ」

　これは一大事である。

　逆上《さかあ》がりもできない大木《おおき》に遅《おく》れを取っている！

　元《げん》は誰《だれ》からも置き去りにされたような気分になってしまった。ふと隣《となり》を見れば、そこには島田《しまだ》たち、バカ田《ダ》トリオしかいないのかも！

　やばい！

　これはかなりやばい状況《じょうきょう》だ。

「どうしたのよぉ」

　またまた瑠香《るか》が首をつっこんできた。

「な、なんでもないよ！」

　元《げん》があわてて言うと、瑠香《るか》はケタケタ笑った。

「居眠《いねむ》りばっかしてるからよ」

「うっせぇ！」

口をとがらせていると、隣から小林《こばやし》が言った。

「元《げん》、時差《じさ》ボケなんじゃないか？」

「元《げん》くんが時差ボケのわけないじゃん。ただのボケならわかるけど」

ったく。

なんてかわいくないんだ。

やばい！　隣《となり》で夢羽《むう》も笑ってる。ここは話題を変えなくては。

「でもさぁ、その時差ボケってどういうこと？　さっきも言ってたけど」

元《げん》が聞くと、瑠香《るか》がさもバカにしたように言った。

「元《げん》くん、知らないの!?」

なんでこういちいちイラっとするような言い方をするんだ、こいつは。

「し、知らないよ!!　じゃあ、おまえわかるのかよ」

元《げん》は瑠香《るか》を軽くにらんだ。

すると、瑠香《るか》は得意げに言った。

「あのねぇ。外国と日本じゃ、時間が違《ちが》うの。たとえば、日本じゃ昼でも、アメリカだと夜だったりしてね。ハワイ行った時もそうでさぁ。あっちの朝に着いたんだけど、日本じゃ夜中でね。あっちが昼頃《ひるごろ》、日本じゃ朝なわけ。眠《ねむ》くってしかたなかったし、夜は夜で変な時間に起きちゃうし。ま、そういうことを『時差《じさ》ボケ』って言うわけ。わかった？」

海外旅行なんて行ったことがない元《げん》には、まったく実感をともなわない話だ。

不思議《ふしぎ》でしかたない。

「じゃあさ。なんで、そうなるわけ？」

「え？」

「だからさ、なぜ日本が朝なのに、ハワイは昼なんだよ。それ、次の日の昼？」

元《げん》に聞かれ、瑠香《るか》は「えっと、えっと……」と、頭を抱《かか》えた。

そして、しまいに怒《おこ》り始《はじ》めた。

「そ、そこまでは知らないよ!!　わかるわけないじゃん!!」

完璧《かんぺき》に逆切《ぎゃくぎ》れである。

すると、小林《こばやし》が助け船を出した。

「ハワイなら、えーっと……ん、次の日じゃなくて、前の日の昼間だね」

「なんで、そうなるんだ？」

元《げん》が聞くと、小林《こばやし》は左手をぎゅっと握《にぎ》って、前に出した。

「これを地球だとするよなぁ。そしたら、ここに……」

と、指の関節あたりを右手でなぞった。

「日付変更線《ひづけへんこうせん》ってのがあるんだ」

「日付変更線⁉」

「そうそう。で、こっちが日本でこっちがハワイ。つまり、日付変更線をまたいで行っちゃうからさ。前の日になっちゃうわけだよ」

「えええぇ⁇」

「タイムマシンみたいだな」

大木《おおき》がうれしそうに言う。

最近、見た映画《えいが》がタイムマシンものだったからだ。

「ちょ、ちょっと待てよ。そしたら、日本からハワイに行ったら、前の日の朝に着くのか？」

「そうだよ」

「だから、そう言ってるじゃん！」

と、瑠香《るか》。それは無視《むし》して、

「じゃあ、一日得するってこと？」

元《げん》が聞くと、小林《こばやし》は笑いだした。

「まぁな。でも、帰りには一日損《そん》するからね」

「え？　あ、あぁ、そっか。逆《ぎゃく》だからな」

「そうそう。また日付変更線《ひづけへんこうせん》をまたいでくるからね」

「うーん……でも、じゃあさ。帰らなかったら得する？」

「いや、時間は同じだけかかってるからなぁ。得するとかしないとか、それって何に対してなのかによるからね」

小林《こばやし》の話はよくわからない。

でも、そうか。だから、夢羽《むう》は夜中にお母《かあ》さんと話をするんだな。

日本は夜でも、お母さんがいる外国は昼だったりするわけか。

ん？

夢羽《むう》のお母さんっていったいどこにいるんだろう？

新たな疑問《ぎもん》がわいてきたが、なんとなく聞けなかった。

それより、やっぱり問題なのは……算数が苦手だったはずの大木《おおき》が最近、算数のことを好きになったってことだ。

あぁ、このままでは落ちこぼれてしまう。

しょんぼりしていると、島田《しまだ》が猿《さる》のように教室の隅《すみ》から隅をひょいひょい飛ぶように歩いている姿《すがた》が目に入った。

あれがオレの末路《まつろ》か……。

元《げん》はあわてて算数の教科書を広げたのだった。

★逆上《さかあ》がりの秘訣《ひけつ》

1

その日の放課後である。

約束通り、大木《おおき》は鉄棒《てつぼう》の猛特訓《もうとっくん》をしていた。

「そうだ！　そこで足をけり上げるんだ‼　鉄棒を引《ひ》き寄《よ》せて！」

隣《となり》で元《げん》が声をからして応援《おうえん》する。

でも、何度やってもうまくいかない。

大木《おおき》は汗《あせ》びっしょりになって、はぁはぁと息を切らし、地面に座《すわ》りこんでしまった。

足も手も土だらけだ。

「あきらめるなよ。あきらめたら最後だぜ」

元《げん》が言うと、大木《おおき》は彼《かれ》を見上げた。

「うん、あきらめないよ。でも、時間かかるからさ。元《げん》、おまえ帰っていいよ」

「でも……」

「だいじょうぶ。今日《きょう》は頑張《がんば》る。約束するからさ」

ハンドタオルで汗《あせ》をぬぐい、大木《おおき》は「よいしょっ」と立ち上がった。

「そっか？　もしか、オレ、いるとやりにくい？」

元《げん》が聞くと、大木《おおき》は首を振《ふ》った。髪《かみ》についた汗が飛び散る。

「元《げん》には感謝《かんしゃ》してるよ。でも、今は自分のペースでやってみたいんだ。なんか悪いし」

「そんなことないのに！」

友達《ともだち》なのに遠慮《えんりょ》なんかするなよ！　と、元《げん》は目を大きくした。

すると、大木《おおき》はニコニコ笑った。

「だいじょうぶだいじょうぶ。それに、元《げん》、算数の宿題、やるんだろ?」

この一言に、元《げん》はものすごく苦い青汁《あおじる》でも飲んだような気分になった。

そうだ。そういや、プー先生が珍《めずら》しくたくさん宿題を出したんだった。

「だからさ、帰っていいって。オレ、絶対《ぜったい》がんばるからさ。男の約束だ」

大木《おおき》はクリームパンみたいな手を広げ、差しだした。

「わかった。じゃあ、オレも算数やる。男の約束だ!」

元《げん》はその手をぎゅっと握《にぎ》った。

そして、ランドセルをかつぎ、その場からいったん離《はな》れたが、彼《かれ》を見送っている大木《おおき》を振《ふ》り返《かえ》った。

「算数、わからなかったら、夜、電話してもいいか?」

大木《おおき》は親指を立て、ニカっと笑った。

元《げん》も笑い、校庭を後にした。

大木《おおき》と握手《あくしゅ》した手を広げる。

鉄棒《てつぼう》のサビと赤いものがついていた。

「ん？　なんだ？」

よく見てみると、それが血なんだというのがわかった。

そっか。

大木《おおき》、手のマメ、つぶれたんだな。

オレも算数、がんばんなきゃなと、手をぎゅっと握《にぎ》りしめた。


元《げん》が帰ってから、だんだんと子供《こども》たちが帰っていき、ついに鉄棒《てつぼう》の練習をしているのは大木《おおき》ひとりになってしまった。

日も傾《かたむ》き、鉄棒と自分の影《かげ》が長く伸《の》びている。

「よし、がんばるぞ」

自分を励《はげ》ますように言うと、また鉄棒を握りしめた。

「えいっ‼」

思いっきり足をけり上げる。

でも、自分が思っているほど上がっていないのは確実《かくじつ》で、進歩しているとは思えない。

何度やっても、ぶざまに落下する。

「はぁぁ……」

手が痛《いた》い。

広げてみると、手のひらはマメだらけ。しかも、そのいくつかが破《やぶ》れて、血がにじんでいる。

鉄棒《てつぼう》のサビで赤黒くなってるし、鉄臭《てつくさ》い。

なんか涙《なみだ》が出てくる。

くそおぉ。泣いてる場合じゃないぞ！

唇《くちびる》をかみしめ、気を取り直して立ち上がった時だ。

「おお、大木《おおき》が鉄棒やってってぞ‼」

「猛特訓《もうとっくん》だな」

「無理無理《むりむり》。ムダなことはやめときな！」

サッカーボールで遊んでいた河田《かわだ》、島田《しまだ》、山田《やまだ》のバカ田《ダ》トリオがやってきた。

イヤな連中に見つかったと、大木《おおき》が顔をしかめる。

しかし、空気を読むことにかけては、まったく才能《さいのう》のない三人は大木《おおき》の気持ちなんてわからず、わあわあとうるさく言いながら取り囲んだ。

「ほら、やってみ。オレたちが指導《しどう》してやる」

河田《かわだ》が偉《えら》そうに言う。

隣《となり》の一番高い鉄棒《てつぼう》で、背《せ》の低い島田《しまだ》が得意げにクルクルと逆上《さかあ》がりだの、足かけ上がりだのをやってみせる。

「いや、いいよぉ。オレ、ゆっくりやってるからさ」

大木《おおき》が言うと、山田《やまだ》が大笑いした。

「ゆっくりやってて、逆上がりできるわけないだろ⁉」

そう言ってる山田《やまだ》もまだ逆上がりができないはずだ。

大木《おおき》はわかっていたが、それを言わなかった。

「ほら、とにかくやってみろよ」

河田《かわだ》は大木《おおき》の後ろに回って、背中《せなか》を押《お》した。

「島田《しまだ》、山田《やまだ》、おまえらは大木《おおき》の足を持て！」

「げ、つぶされっぞ」

「無理《むり》だって！」

ふたりが大げさに悲鳴をあげると、河田《かわだ》はガオっと怪獣《かいじゅう》のようにすごんでみせた。

「うっせぇ！　やるのかやらねえのか⁉」

リーダー格《かく》の河田《かわだ》には頭が上がらない島田《しまだ》と山田《やまだ》。

「しかたねえなぁ」

「感謝《かんしゃ》しろよ！」

ふたりはそれぞれ大木《おおき》の左右に並《なら》び、足を持った。

「や、や、やめてくれよぉぉ！」

大木《おおき》は心底《しんそこ》怖《こわ》くなった。

「あのな。怖がってちゃ、絶対《ぜったい》ダメなんだっつうの。ほら、オレたちを信じて回ってみろ」

河田《かわだ》はそう言うと、せーの！　と、声をかけた。

こ、こいつらを信じろと言うのか⁉

大木《おおき》は心のなかで「神様！」と叫《さけ》んだ。

2

これはどうしようもない。

大木《おおき》はとにかくこの地獄絵巻《じごくえまき》からなんとか逃《に》げたい一心で、必死に足をけり上げた。

「むううぁぁぁぁぁ‼」

「うっしゃぁぁぁ‼」

「ぐううあぁああ！」

河田《かわだ》も島田《しまだ》も山田《やまだ》も、顔を真《ま》っ赤《か》にして大木《おおき》の巨体《きょたい》を持ち上げた。

しかし、そう簡単《かんたん》にことは運ばない。それが人生というものだ。

ずどどどどどどどっと、大木《おおき》の巨体《きょたい》が三人の上にのしかかり、そのままバカ田《ダ》トリオはグシャっとつぶれてしまった。

「ううぅぅ、い、いてて……」

「うげぇぇ、お、重いぃぃぃ」

「死ぬぅぅ」

三人の悲鳴というか、うめき声に大木《おおき》はあわてて起き上がろうとした。

「ご、ごめん！」

だが、それが余計《よけい》だった。

トドが小さなペンギンたちの上でジタバタしている図を想像《そうぞう》してほしい。

「ま、待て。大木《おおき》、待て！」

「い、いててて！」

「し、死ぬぅぅ」

三匹《びき》のペンギンは必死にトドの下から這《は》いだした。

「はぁ、はぁ、はぁ、はぁ……」

「ったくよぉ……」

「い、いてて……」

三人が無事、立ち上がった後で大木《おおき》もやっと起き上がることができた。

「ご、ごめんよぉ」

大木《おおき》が大きな体を小さくして謝《あやま》る。ここに瑠香《るか》がいたら、「謝ることなんかない！しなくていいって言ってるのに無理矢理《むりやり》やったのはバカ田《ダ》トリオじゃん！」とぶうぶう文句《もんく》を言っていただろう。

だが、気のいい大木《おおき》は真《ま》っ赤《か》な顔で何度も謝った。

「オレ、なんとか自分でやるからさ」

と、頼《たの》みこむ彼《かれ》に、河田《かわだ》は首を左右に振《ふ》った。

「んにゃ。ダメだ。オレたちはな。そう簡単《かんたん》にあきらめない」

「そうだ！　簡単にはあきらめないぞ」

横で山田《やまだ》が言う。

それを聞いて、一番被害《ひがい》にあった島田《しまだ》は一瞬《いっしゅん》（まじかよ）という顔をしたが、河田《かわだ》たちにすぐ同調した。

「お、おう！　そうだ。オレたちにできないことはないんだ！」

そう言えば、彼《かれ》らはものすごくしつこいってことを大木《おおき》は思い出し、深々とため息をついた。

「い、いや、ほんとに。だいじょうぶだから！　怪我《けが》とかすると大変だし。ほ、ほら、算数の宿題あっただろ？」

「うっせぇ！　やると言ったらやるんだ。宿題はおまえのを写すからいい。ほら、さっさとしろ」

「そうだ！　今度は本気でやるんだぜ。おめぇがやる気になんなきゃどうしようもねぇんだからな！」

「ねぇんだからな‼」

大木《おおき》の意見など、誰《だれ》も聞いちゃいない。

「ほら、大木《おおき》。腹《はら》に力入れろ！」
「思いっきり足上げろ‼」
三人が大声で言う。

またまた同じ……つまり、河田《かわだ》が大木《おおき》の背中《せなか》を下から押《お》し、島田《しまだ》と山田《やまだ》が左右から足を持つという体勢《たいせい》になった。

こうなったら、成功するまで帰ってくれないかもしれない。

いや、成功するわけないんだから、彼《かれ》らが納得《なっとく》するまでやるしかないのか。

いつまでこの地獄《じごく》が続くのかと、大木《おおき》は途方《とほう》にくれながら、また鉄棒《てつぼう》をぎゅっと握《にぎ》った。

「行くぞ‼」

大木《おおき》も真《ま》っ赤《か》な顔で歯を食いしばり、とにかくこの地獄《じごく》から抜《ぬ》け出《だ》したい一心で、必死に足をけり上げた。

「うっしゃあぁぁあぁぁあ‼」

「やっとおおぉぉぉ‼」

「うがぁぁぁぁぁ‼」

三人も真っ赤な顔で踏《ふ》んばる。

「ううぉおおおおお！」

「でぁぁあああ！」

「えすとおぉぉぉっっ‼」

するとすると！

奇跡《きせき》が起きた。

大木《おおき》の足が垂直《すいちょく》に上がったのだ。

「ひえぇぇぁぁあ！」

大木《おおき》は目が回りそうになった。頭が頭が地面に激突《げきとつ》する！

絶対《ぜったい》、手を離《はな》しちゃだめだ。

離したら、オレは死ぬ!!

「よっしゃあぁぁああああ!!」

河田《かわだ》の声が遠くから聞こえた。


「…………!?」


気がつくと、大木《おおき》は鉄棒《てつぼう》の上にいた。

とたん、お腹《なか》に鉄棒がめりこむ。

「おっしゃああ！　やったじゃないか!!」

「やったやった！」

「ふぇえ、重かったぜぇええ」

三人がバンザイしながら小躍《こおど》りしている。

「え？　オ、オレ……？」

大木《おおき》は頭が混乱《こんらん》していた。

その背中《せなか》を河田《かわだ》がポンとたたいた。

「おまえ、今、ちゃんと逆上《さかあ》がりしたんだよ。生まれて初めてな」

「う、うそ……」

「うそ言ってどうすんだよ。オレたちに不可能《ふかのう》はねえんだ。わかったか！」

島田《しまだ》がケタケタと笑う。

「はぁ、疲《つか》れた。おい、大木《おおき》！　感謝《かんしゃ》しろよ」

山田《やまだ》が言う。

大木《おおき》はやっと地面に降《お》りた。足がガクガク震《ふる》えて、その場に座《すわ》りこんでしまった。

「う、うん……あ、ありがとう……」

やっとそれだけを言う大木《おおき》を見下ろし、三人は汗《あせ》をぬぐった。

「んじゃ、帰ろうぜ」

「そうだな。カラスが鳴くから帰ろ！」

「ちぇ、どこの時代の人間だよ」

「かああ！」

座《すわ》りこんだまま、放心状態《じょうたい》の大木《おおき》を置き去りにし、三人はバカ笑いをしながら帰っていった。

3

な、なんだったんだぁ……。

大木《おおき》は誰《だれ》もいなくなった校庭でひとり、放心状態のままだった。

どれくらいそうしていただろう。

たしかに、生まれて初めて逆上《さかあ》がりというものを体験した。これは大きい。

ただし、自力《じりき》でやったわけでもないし、何がなんだかわからないままの出来事だったわけで。

彼《かれ》らがいなくなった今、もう一度それをやってみろと言われても絶対《ぜったい》に無理《むり》だ。

いや、むしろ前より悪い。

頭から地面に激突《げきとつ》するという恐怖《きょうふ》だけが残っている。

あれは本当に怖《こわ》かった。

もうすぐ春だとはいえ、夕方になると一気《いっき》に冷《ひ》えこんでくる。

汗《あせ》をびっしょりかいたばかりだから、冷たい風も最初は心地《ここち》よかったが、長い間座《すわ》っていたら、ぞくっと寒気《さむけ》がした。

「だめだ、だめだ。じっとしてちゃ風邪《かぜ》ひくな」

大木《おおき》は気を取り直して立ち上がった。もわもわと大木《おおき》の体中から湯気が立ちのぼっている。

校舎《こうしゃ》にかかっている大きな時計《とけい》を見た。

もうすぐ四時半になる。

あたりは少し暗くなってきている。

五時には帰らなくっちゃ。

大木《おおき》は元《げん》との男の約束を思いだし、また鉄棒《てつぼう》を握《にぎ》りしめた。

「ええええい！」

大きなかけ声をかけ、必死に足をけり上げるが、やっぱりダメだ。

なんだ、ちっとも進歩してないじゃないか！

一度はできたんだから、少しは違《ちが》うかと思ったのに……。

「はぁ、はぁ、はぁ……」

またまた涙《なみだ》がこみあげてくる。

くやしい！

自分が情《なさ》けなくてしかたない。

なんでできないんだよ！　って言うか、なんでみんなはできるんだよ！

目のあたりを泥《どろ》だらけの手でこすると、今度は顔が泥で汚《よご》れてしまった。

「えぇえぇえい‼」

歯を食いしばり、もう一度。

でも、今度はぶざまに地面に尻餅《しりもち》。尾《び》てい骨《こつ》を打ってしまって、鼻の奥《おく》がつーんと痛《いた》くなった。

「はぁ、はぁ、はぁ……」

もう一度！　と、立ち上がった時だ。

いつ近づいてきたのか、急に後ろから涼《すず》やかな声がした。

「大木《おおき》、あの時計《とけい》、人みたいに見えないか？」

「え⁇」

びっくりして振《ふ》り返《かえ》ると、そこには夢羽《むう》が立っていた。

4

冷たい風を受け、長い髪《かみ》がぶわぶわとなびいている。きれいな目をまっすぐに向け、時計を指さした。

「ほら、あれ。短針《たんしん》の飾《かざ》りが頭に見えないか？」

突然《とつぜん》、何を言い出すんだろうと大木《おおき》は校舎《こうしゃ》にかかっている大きな丸時計《まるどけい》を見た。

短針の先には丸い飾りがあって、そう思って見れば人の頭に見える。

で、それがどうしたんだろう？

大木《おおき》がキツネにつまれたような顔をしていると、夢羽《むう》が言った。

「逆上《さかあ》がりは五時十分」

「え⁇」

聞き返すと、彼女《かのじょ》は天使のような笑顔《えがお》でもう一度言った。

「五時十分だよ」

そして、その謎《なぞ》の言葉を言い残し、夢羽《むう》は立ち去ってしまった。

小柄《こがら》な後《うし》ろ姿《すがた》を見送り、大木《おおき》は首を傾《かし》げた。

「五時十分って、なんなんだ⁇」

五時十分頃《ごろ》にできるようになる、だから、それまでがんばれってことか？

と、大木《おおき》はもう一度時計の針《はり》を見た。

今は長針《ちょうしん》が三十分あたりにあって、短針は四と五の間にある。

ちょうど人が深くおじぎしているように見えるのだ……。

と、そこまで考え、大木《おおき》は「ああああああ！！」と、大きな声をあげた。

彼《かれ》の声は誰《だれ》もいなくなった校庭に響《ひび》きわたった。

も、もしかしたら、夢羽《むう》は時計《とけい》の長針と短針《ちょうしん》の形で、逆上《さかあ》がりのヒントを示《しめ》したんじゃないだろうか。

丸い飾《かざ》りのついている短針が上半身(丸い飾りが頭)で、長針が下半身。

大木《おおき》は五時十分を思《おも》い浮《う》かべた。

短針……つまり頭はほぼ下だ。五のあたり。長針……つまり足は二のあたり。

そ、そうか!

もしかして、夢羽《むう》は逆立ちするんじゃ足りないって言ってる?

逆立ちしている図といえば、六時ちょうどだろう。頭が真下で足が真上。

それじゃダメだってことだ。

もちろん、それがわかったって、急にできるようになるわけがないと思ったが、ものは試《ため》しだ。

大木《おおき》は必死に頭のなかで五時十分をイメージした。

そして、「五時十分、五時十分、五時十分……!」と、呪文《じゅもん》のように繰《く》り返《かえ》しながら、また逆上がりの練習を始めた。

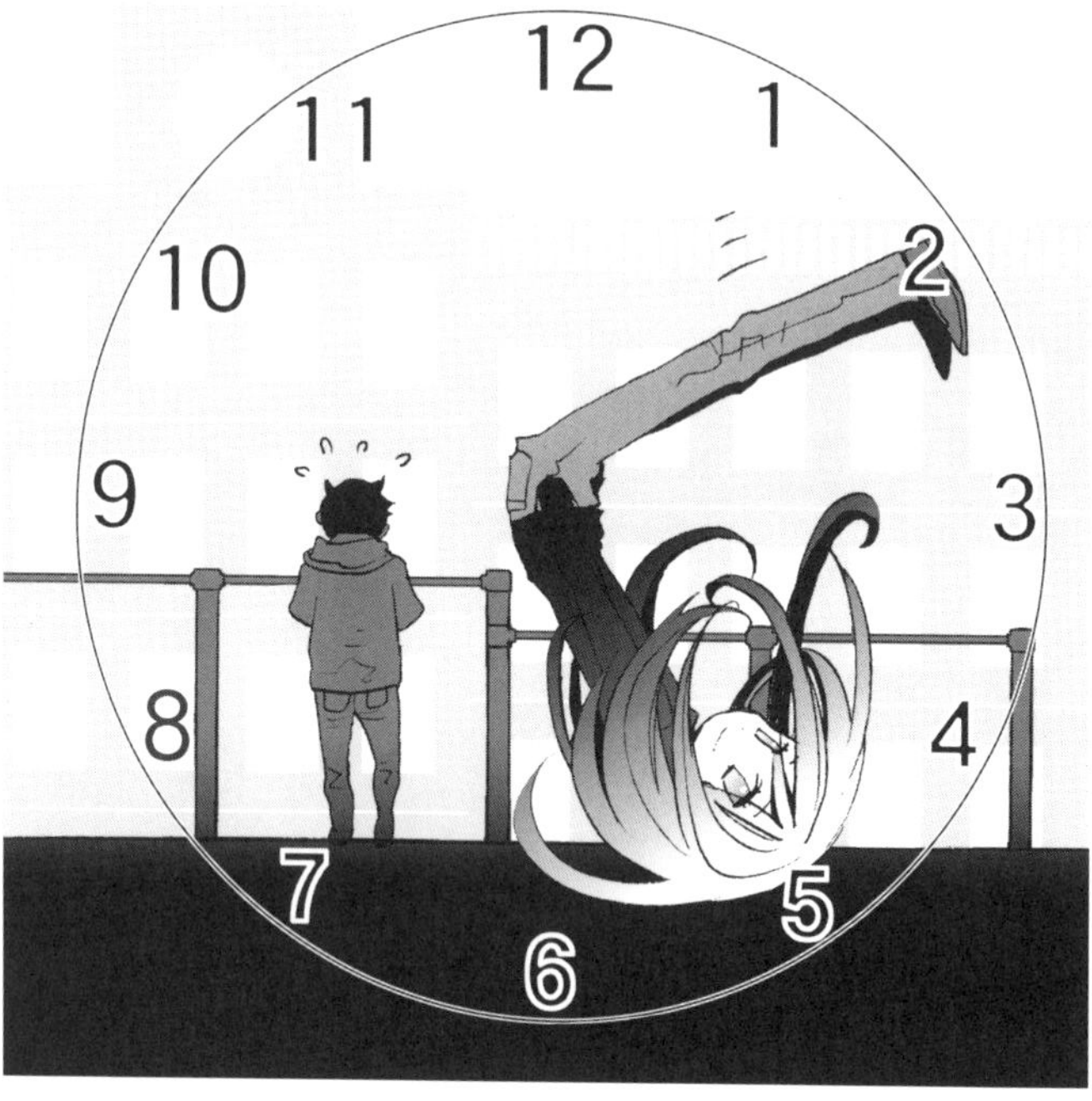
12
1
2
3
4
5
6
7
8
9
10
11

すると、どうだろう‼

今までは「逆上《さかあ》がり」の「さ」の字もできなかったのに、だんだんと「逆《さか》」くらいはできるようになっていった。

もしかすると、なんとかなるかも！　という手応《てごた》え。算数の問題が解《と》けた時と同じだ。

がぜん、大木《おおき》もやる気になってきた。

手が痛《いた》いのも何もかも忘《わす》れて、頭を真《ま》っ白《しろ》にし、ただひたすら「五時十分！」を思《おも》い浮《う》かべた。

「五時十分！」

「五時十分！」

「五時十分‼」

五時のチャイムが鳴ったことすら忘《わす》れて。

「五時十分！」

「五時十分！」

「五時十分！」

「五時十分！」
そしてそして……ついに、本物の奇跡《きせき》が起こったのである！

「…………えっ？」

気がつくと、大木《おおき》はさっきと同じく、鉄棒《てつぼう》の上にいた。
大きな腹《はら》に鉄棒がめりこんでいる。
な、なんだ……？
何が起こったんだ!?
も、も、もしかして、オレ、できたのかな？
逆上《さかあ》がり……。
目をぱちくりして、大木《おおき》はもう一度挑戦《ちょうせん》してみた。
「五時十分!!」
大きなかけ声とともに、くるんっ！

またしても、何がどうなったかわからないまま、鉄棒《てつぼう》の上に。

「す、す、すっげぇぇ……」
オ、オレはやったんだ。
この一ヶ月近く、毎日毎日、どんなに練習してもできなかった逆上《さかあ》がりなのに。
「う、う、ううぅぅ……」
大粒《おおつぶ》の涙《なみだ》がボロボロあふれ、泥《どろ》で汚《よご》れた頬《ほお》を伝って落ちた。
急に力が抜《ぬ》け、ドタっと地面に倒《たお》れこんでしまった。
それでも、痛《いた》くもなんともない。
薄暗《うすぐら》くなってしまった校庭には誰《だれ》もいない。
だから、大木《おおき》は遠慮《えんりょ》なく、おいおいと声をあげて泣いた。
顔を上げると、ちょうど校舎《こうしゃ》の時計《とけい》は五時十分を指していた。
なんという偶然《ぐうぜん》だろう！
夢羽《むう》が教えてくれた魔法《まほう》の言葉、「五時十分」。
大木《おおき》がまだしゃがみこんでいた時……。

キイイイイイイイイイイイイイイイイイイイイ！！！　ドッスン‼

ものすごい音。

車のブレーキ音と何かがぶつかったような音。

すぐ近くだ。

大木《おおき》はハッとして、立ち上がった。

交通事故《こうつうじこ》だろうか？

たぶん、裏門《うらもん》の近くだ。

どたどたと足音を鳴らし、音のした方向に走っていった。

校舎《こうしゃ》の周りをぐるっと囲む塀《へい》の上にあるクリーム色のフェンスにしがみつき、見回

してみた。
でも、何も見えない。
「あ、あれ⁇」
たしかに聞こえたのに。
いくら注意深く見ても、何もないし、騒《さわ》ぎも起こらない。
細い道の脇《わき》にある暗い雑木林《ぞうきばやし》、そして住宅《じゅうたく》の屋根が見えるだけだ。
ううーん……。
音のわりにはたいしたことなかったのかな？
電信柱にでもぶつけただけかな？
大木《おおき》は首を傾《かし》げながら、鉄棒《てつぼう》までもどった。
そして、体中の泥《どろ》をはらい、ランドセルをかつぎ、学校を後《あと》にした。
さっきの音は不可解《ふかかい》なままだったけれど、なんにしろ、逆上《さかあ》がりができたんだ！
大木《おおき》の胸《むね》にまたさっきの感動がよみがえってきた。
顔が自然にニマニマしてくる。

肩《かた》で風を切り、家に帰ったら一番に元《げん》に報告《ほうこく》しようと思った。

★五時十分⁉

1

「よかったなぁ‼　大木《おおき》。すげえよ！　そうか、さすがは茜崎《あかねざき》だな」

「いやいや、茜崎《あかねざき》にも感謝《かんしゃ》だけど、元《げん》のおかげだよ。毎日練習、つきあってくれたからな」

翌朝《よくあさ》の教室。元《げん》と大木《おおき》は何度となく同じことを言い合った。

もちろん、ゆうべもさっそく大木《おおき》は報告《ほうこく》したのだが、とにかく今は顔を合わせればその話になってしまう。

本当はさっそく披露《ひろう》してほしかったのだが、今日《きょう》はあいにくの雨だった。

「どうしたの⁉」

すぐ顔をつっこんでくる瑠香《るか》に、元《げん》が得意そうに言った。

「聞いて驚《おどろ》くなよ。大木《おおき》がついに逆上《さかあ》がり、成功したんだ!!」

瑠香《るか》はそれを聞いて大きな目をもっと大きくした。

「うっそ！」

「ほんとだ！」

「本当に??」

瑠香《るか》に聞かれ、大木《おおき》は恥《は》ずかしそうにうなずいた。

「すっごいじゃん!!」

瑠香《るか》は大木《おおき》の大きな背中《せなか》をバンバンたたいて喜んだ。

「そっかぁ、人間、やればなんでもやれるのねぇ。えらいよ、大木《おおき》くん」

「ありがとう。ま、元《げん》や茜崎《あかねざき》のおかげなんだけどね」

それを聞いて、瑠香《るか》はますます目を丸くした。

ここにバカ田《ダ》トリオがいれば、オレたちのおかげだ！　と、うるさかっただろうが、幸《さいわ》い彼《かれ》らはいなかった。

「え？　夢羽《むう》が？　何かしたの？」

瑠香《るか》が聞いたが、夢羽《むう》はぼんやりした顔で眠《ねむ》そうにしている。

またゆうべ、母親と深夜までチャットしていたのかもしれない。

元《げん》は彼女《かのじょ》の横顔を見ながら言った。

「昨日《きのう》の放課後、大木《おおき》に『五時十分』っていうアドバイスをしたんだって」

「五時十分!?」

首を傾《かし》げる瑠香《るか》に、大木《おおき》が説明をすると、瑠香《るか》は「なぁ〜るほどぉ！　さっすが夢羽《むう》だね」と感心した。

夢羽《むう》はやんわり笑った。

「いや、大木《おおき》のがんばりが一番だよ。たぶん、あと少しでできるまでになってたんだ」

「そうだね。そうかもね」

瑠香《るか》がうんうんとうなずく。

「いやぁ、でもさ。ちょうど五時十分にできたんだよな。それがすごい奇跡《きせき》だと思った！　それに……しかも、ちょうどその時、なんかすごい音がしたんだよ」

「え？　何の音？」

それまで黙《だま》って聞いていた小林《こばやし》が聞くと、大木《おおき》は彼《かれ》のほうを見た。

「うん、なんかね。『キィイイイ、ドッスン！』って。オレ、自動車事故《じこ》かと思ったんだ」

「へぇえ！　なんだったんだ？」

小林《こばやし》に聞かれ、大木《おおき》は首を傾《かし》げた。

「さぁ、わからなかった。いちおう見に行ったんだけどな。何もなかったし」

「じゃあ、たいしたことなかったのかもな」

……と、それを聞いていたクラスメイトのひとり、背《せ》が高い竹内徹《たけうちとおる》が「あ！」と叫《さけ》んだ。

「それ、もしかして、昨日《きのう》のひき逃《に》げ事件《じけん》じゃないのか？」

「ひき逃《に》げ!?」

みんな、竹内《たけうち》に注目した。竹内《たけうち》は勉強はいまいちだが、野球やバスケットボールが得意だ。

「うんうん。ニュースでやってた。ちょうど学校の裏《うら》のほうで、近所のおばあちゃんがひき逃げされたんだって」

「ひどい……」

瑠香《るか》が両手をぎゅっと握《にぎ》りしめた。

「そのおばあちゃん、どうしたの?」

「ああ、なんか腰《こし》を打って重傷《じゅうしょう》だって。ま、命は助かったらしいけど」

「へぇえ、よかったぁ」

「だとしたら、大木《おおき》。おまえ、その時の音を聞いたんじゃないか?」

小林《こばやし》が真顔で言う。

「そ、そうかも……」

大木《おおき》も真《ま》っ青《さお》な顔でうめくように言った。

「ねぇ、きっと峰岸《みねぎし》さんが調べてるよね。わたし、連絡《れんらく》してみる！」

瑠香《るか》が生き生きした顔で言った。

峰岸《みねぎし》というのは、銀杏《いちょう》が丘《おか》の警察署《けいさつしょ》に所属《しょぞく》している若《わか》い刑事《けいじ》だ。

テレビドラマに出てくるようなイケメン刑事で、今までに夢羽《むう》が解決《かいけつ》してきた事件《じけん》の捜査《そうさ》をしている。

瑠香《るか》はすっかりその刑事のことが好きになって、時々メール交換《こうかん》までしていた。

「そうだな。一報《いっぽう》しておいたほうがいいかもしれないね」

小林《こばやし》が賛成《さんせい》すると、瑠香《るか》は大きくうなずいた。

「任《まか》せて！　家に帰ってさっそくメールしてみるよ‼」

しかし、その必要はなかった。

なんと、放課後、瑠香《るか》が急いで家に帰った頃《ころ》、峰岸《みねぎし》本人が学校にやってきたからである。

2

ひき逃《に》げ事件《じけん》は、昨日《きのう》の夕方に起こった。

元《げん》たちの学校の裏門《うらもん》から少し小道に入ったあたりで起こったのだが、目撃者《もくげきしゃ》は誰《だれ》もいなかった。それどころか、いったいそれが何時だったのかも正確《せいかく》にはわからなかった。

峰岸《みねぎし》たちは必死に事情《じじょう》聴取《ちょうしゅ》をしていて、元《げん》たちの学校にも問い合わせをした。

すると、三枝《さえぐさ》校長が出かけようと外に出た時、ものすごいブレーキ音と何かがぶつかった音を聞いたと答えた。

それで、さっそくやってきたというわけだ。

「ええ、そりゃもうね。びっくりしましたよ。すごい音でしたからね」

校長は興奮《こうふん》気味に答えた。

ベージュのブラウスに薄《うす》いグリーンのスカーフをきっちり巻《ま》いて、同じくベージュのジャケットのボタン全部をきっちりしている。

背筋《せすじ》をしゃんと伸《の》ばし、校長は峰岸《みねぎし》を見た。

「それって、何時頃《ごろ》だったか覚えてらっしゃいませんか?」

少し長めの茶髪《ちゃぱつ》、細身のダークスーツを着こなした長身の彼《かれ》も校長を見つめる。

あら、この刑事《けいじ》さん……思ったよりものすごくカッコイイわ。

校長は急にドキドキしてしまった。

「……どうかされましたか？」

峰岸《みねぎし》に聞かれ、彼女《かのじょ》はあわてて左手を探《さぐ》った。

「あ、ご、ごめんなさい！　えっとえっと……」

と、腕時計《うでどけい》を見た。

銀色の小さな文字盤《もじばん》、細いベルトの時計を見て、（ずいぶん年代物だな）と峰岸《みねぎし》は思った。

「そう。とっさにね。時計を見たんですよ。だから、ちゃんと覚えています！」

「それは素晴《すば》らしい。何時でした？」

「四時十分です！」

ちょうどその時、彼の携帯《けいたい》電話にメールが着信した。

「失礼！」

峰岸《みねぎし》はメールを見た。

それは瑠香《るか》からで、絵文字がいっぱい使われたかわいらしいメールだった。

峰岸《みねぎし》さん！　すごい情報《じょうほう》です!!　大木《おおき》くん（あのすごく大きな男子です！）がね。

昨日《きのう》、ひき逃《に》げ事件《じけん》のあった頃《ころ》、校庭にいて、すごい音を聞いてたんです！　しかも、ちゃんとその時の時間を覚えていましたーー!!　五時十分だったそうですよ。彼《かれ》、逆上《さかあ》がりの練習してて。ちょうどその時にできたから、絶対間《ぜったいま》違《ちが》いないって言ってます！

瑠香《るか》

これには、峰岸《みねぎし》も頭を抱《かか》えてしまった。

校長は四時十分だと言うし、大木《おおき》は五時十分だと言ってるらしい。

一時間の差があるのはなぜなんだろう？

顔色が変わった峰岸《みねぎし》を不思議《ふしぎ》そうに見て、校長が聞いた。

「どうかされたんですの？　犯人《はんにん》が見つかったんですか？」

峰岸《みねぎし》はハッと顔を上げ、首を横に振《ふ》った。

「いえ、そうじゃないんですが……失礼ですが、その時計《とけい》は正確《せいかく》ですか?」

校長はびっくりして言った。

「まっ! たしかにこれは古いものですけどね。そりゃ大切に使ってますもの。正確です! それに、昨日《きのう》は別の時計をしてたんです。そっちはさらに正確ですわねぇ。買ったばかりですもの」

「あ、その時計とは違《ちが》うものなんですか?」

「ええ、ええ。昨日《きのう》は茶のスーツを着てましたからね。茶のベルトの時計をしてたんですわ。ほら、やっぱり時計も大事なアクセサリーでしょう?」

「はぁ……」

いや、そんなことはどうでもいいんだが。

「ちょっとすみません!」

峰岸《みねぎし》は瑠香《るか》にメールを返した。

すぐ校長室へ大木《おおき》にも来てもらって、証言《しょうげん》の確認《かくにん》をしようと思ったからだ。

3

もちろん、大木《おおき》はやってきた。

いや、正確《せいかく》には瑠香《るか》と元《げん》に引《ひ》っ張《ぱ》られ、息を切らして走ってきた。

小林《こばやし》や夢羽《むう》もいっしょだ。

事情《じじょう》を聞き、校長は「まぁまぁ！」と目を丸くした。

「登《のぼる》ちゃん、もしかして逆上《さかあ》がりの練習しすぎちゃって、目が回ってたんじゃない？ね、そういうことってあるわ。でも、逆上がり、できるようになったんですってね。えらいわぁぁ」

校長は、全校児童の名前を覚えている上、名字《みようじ》ではなく下の名前で呼《よ》んでいる。

元《げん》たちにとっては、校長先生というよりおばあちゃんのような人だ。

でも、大木《おおき》は真《ま》っ赤《か》な顔で言った。

「い、いえ、えっと……目は回ってたかもしれないけど、でも、五時十分でした！」

それには温厚《おんこう》な校長もムッとした顔になった。

「あら、でもね。わたしもちゃんと確認《かくにん》したから覚えてるのよ。いいえ、あれは四時十分でした！」

ふたりはにらみあってしまい、峰岸《みねぎし》は弱り切った顔で夢羽《むう》を見た。

夢羽《むう》なら、なんとか解決《かいけつ》してくれるんじゃないかと思ってしまったからだ。

「あ、あのぉ、でも、大木《おおき》くん、すっごく一所懸命《いっしょけんめい》練習してて。で、夢羽《むう》が『五時十分』ってアドバイスしたんです。だから、できたって。しかも、ちょうど五時十分に初めて逆上《さかあ》がりができたんですよ。だから、絶対間違《ぜったいまちが》いないと思うんですけど……」

瑠香《るか》が必死に説明するが、何の話をしているのかと校長も峰岸《みねぎし》も首を傾《かし》げた。

「えっとぉぉ……」

「実はですね……」

元《げん》と小林《こばやし》がもう少しわかりやすく説明しようと、口を開いた時だ。

夢羽《むう》が校長をまっすぐ見て聞いた。

「先生、カナダのプリンスエドワード島に旅行されたんですよね？」

校長は鳩《はと》が豆鉄砲《まめでっぽう》でもくらったような顔で夢羽《むう》を見た。

「え？　ええ、そうよ？」

「いつ帰って来られたんですか？」

「そ、そうね。この前の日曜日だから……四日前かしら？」

それがいったい何の関係があるのだと、みんながみんな夢羽《むう》を見た。

元《げん》だけはワクワクしていた。

ほら、始まったぞ。夢羽《むう》マジックだ！

「もしかして、その時、昨日《きのう》の時計《とけい》をしていらっしゃいませんでしたか？」

校長はびっくりして天井《てんじょう》を見つめた。

時が止まる。

みんなゴクリと喉《のど》を鳴らした。

校長は、こくこくと小さくうなずいた。

「ええ、そう言えば……そうね。たしかに、あの時計をして行ったわ。でも、それがどうかして？」

夢羽《むう》は微笑《ほほえ》みを浮《う》かべながら言った。

「カナダのプリンスエドワード島と日本の時差《じさ》はマイナス十三時間。つまり、今は……何時ですか?」

「今は三時半だね」

と、峰岸《みねぎし》が補足《ほそく》する。

「では、今、プリンスエドワード島では真夜中の二時半です」

そこまで聞いて、峰岸《みねぎし》と小林《こばやし》は「あああ!!」と大声をあげた。

他《ほか》のみんなはまだわからないという顔。

「校長、もしかして、その時計《とけい》、カナダ時間のままじゃないですか??」

峰岸《みねぎし》に聞かれ、校長は目をまん丸にした。

「あ、あらあらあら、どうしましょう! わたしったら……」

4

ふたを開けてみれば、簡単《かんたん》なことだった。

校長は昨日《きのう》していた時計《とけい》をしてカナダに旅行した。その時、カナダの時間に時計を合わせたのに、帰国してから日本時間にもどすのを忘《わす》れていたのだ。

そして、そのことを忘れたまま昨日その時計を使った。

五時間も六時間も違《ちが》っていれば変だと思うが、たった一時間だったし、大きな音がした時にチェックした以外、腕時計《うでどけい》を見ることがなかったと言う。

つまり、大木《おおき》のほうが正しかった。

ひき逃《に》げがあったのは「五時十分」でよかったのだ。

校長はそれこそ「四時半」くらいに頭を下げて、

「ごめんなさいね！　本当にごめんなさい。登《のぼる》ちゃん、逆上《さかあ》がりの練習しすぎて目が回ってたんじゃない？　なんて失礼なこと言っちゃって」

と、何度も何度も謝《あやま》ってくれた。

「大変助かりました。おかげで、ぐっと捜査《そうさ》の範囲《はんい》をしぼれるし。ひき逃《に》げというのは、ものすごく卑劣《ひれつ》な犯罪《はんざい》ですからね。全力で犯人《はんにん》を捕《つか》まえますよ！」

峰岸《みねぎし》もそう言うと、大急ぎで帰っていった。

「いやぁぁ、ありがとう！　茜崎《あかねざき》のおかげで、逆上《さかあ》がりもできたし、オレのほうが正しいって証明《しょうめい》してくれたし」

校長室を後にし、みんなで校庭を横切りながら、大木《おおき》が夢羽《むう》に言った。

いつの間にか雨はあがって、雨雲が風に飛ばされている。

夢羽《むう》は小さく肩《かた》をすくめてみせた。

「ねえ、大木《おおき》くん！　逆上《さかあ》がり、やってみせてよ‼」

鉄棒《てつぼう》を指さし、瑠香《るか》が言った。

「そうだよ！　見せてくれよ」

元《げん》は大木《おおき》の手を取り、走りだした。

みんな鉄棒まで走っていく。

そして、鉄棒《てつぼう》を両手で握《にぎ》った大木《おおき》を期待に満ちた目で見つめた。

「どうしよう……またできなくなってたら」

大木《おおき》が心底《しんそこ》不安そうに言う。

それは元《げん》もよくわかった。

「だいじょうぶ！　『五時十分』だろ！」

ドンと大木《おおき》の大きな背中《せなか》を元《げん》はどついた。

「うん！」

大木《おおき》はうなずくと、鉄棒をぎゅっと握《にぎ》りしめた。

しかし、その時、イヤな連中がやってきた。

「おおおお！　なんだなんだ、またムダなことしてやがるぜ」

「あのなぁ、もうオレたちを頼《たよ》るなよ」

「そうだ、頼《たよ》るなよ！」

河田《かわだ》、島田《しまだ》、山田《やまだ》のバカ田《ダ》トリオだった。

「ったく。うっさいわね！　あんたたち、黙《だま》って見てなさい！」

瑠香《るか》がかみつく。

「そうだよ。大木《おおき》、回ってみせてやれよ！」

小林《こばやし》も言った。

しかし、元《げん》は大木《おおき》から、昨日《きのう》、バカ田《ダ》トリオが逆上《さかあ》がりの練習を手伝《てつだ》ってくれたんだというのを聞いていた。

ふん、こいつらもいいとこあるよな。

むちゃくちゃな手伝い方ではあったが、曲がりなりにもそれで初めて逆上がりというのを体験したというのは大きい。

この一ヶ月、毎日毎日、練習した大木《おおき》。

運動は苦手だけど、算数はオレよりできるんだもんな。料理もうまいし。

みんなひとりひとり、ぜんぜん違《ちが》うけど。なんかそれだからいいような気がした。

大木《おおき》は、急にギャラリーが増《ふ》えてしまって、さらに緊張《きんちょう》した顔になっていた。

くそっ！　何も考えずにやるんだ。

そうだ。

オレはできる‼

「五時十分！！！」

魔法《まほう》の言葉を叫《さけ》びながら、大木《おおき》は足をけり上げた。


ぐるんっ。


みんな口をポカンと開け、鉄棒《てつぼう》の上に上がった大木《おおき》を見上げた。

「す、すっげえぇぇ！」

「なんだなんだなんだ」

「うぉぉ！」

バカ田《ダ》トリオがぶったまげて、その場にへたりこんでしまった。

「やったぁぁぁ‼」

「大木《おおき》！　おまえはえらい‼」

元《げん》と小林《こばやし》は両手をつなぎ、ぴょんぴょん跳《は》ねた。

「きゃー！　やったやったやったやったぁ！」

瑠香《るか》も耳が痛《いた》くなるほど歓声《かんせい》をあげ、バンザイした。

夢羽《むう》もうれしそうに笑いながら拍手《はくしゅ》した。

「や、やったぁ……」

大木《おおき》もうれしくってうれしくって。涙《なみだ》がぶわっとあふれてきた。

「ば、ばか！　泣くなよぉぉ」

鉄棒《てつぼう》から降《お》りた大木《おおき》に抱《だ》きつき、元《げん》も涙があふれてきた。

ぎゅうぎゅうと抱き合うふたりをみんなが取り囲む。

晴れ間がのぞいた空から、太陽が顔を出し、校庭を明るく照らしていた。

おわり

ラムセスの恋《こい》

★恋《こい》の季節

1

「んもう！　まったく。失礼デス！　うちのラムセス、違《ちが》います。そんじょそこらにいるキャッツたちとは！」

塔子《とうこ》は玄関《げんかん》のドアを開けるなり、大変な剣幕《けんまく》。

天井《てんじょう》の高い洋館のなかは壁《かべ》も床《ゆか》も家具類も、すべてがアンティーク。実際《じっさい》は艶《つや》のある濃《こ》い茶色なのだが、夕焼けの光が窓《まど》から差しこんでいる今は、赤ワインに浸《ひた》されたような色をしていた。

その一角に置かれたひとりがけの椅子《いす》で、外国の科学雑誌《ざつし》を読んでいた夢羽《むう》。照明は手元を照らすスタンドの灯《あか》りだけだ。

ポツンと灯《とも》ったオレンジ色の光が夢羽《むう》の長い髪《かみ》や白い横顔を照らしている。

「……？」

無言で顔を上げると、塔子《とうこ》はドスドスと靴音《くつおと》に不満をこめ、仁王立《におうだ》ちになった。

「柳《やなぎ》とかいうイケ好かないオジイチャン、わたし、呼《よ》び止《と》めたんですの！　知ってます？　夢羽《むう》、ソレなぜか」

夢羽《むう》は首を傾《かし》げるしかない。塔子《とうこ》は大きくため息をついた。

「彼《かれ》、非常《ひじょう》に困《こま》ってる言いました。お宅《たく》のオバケのように大きな猫《ねこ》がうちのかわいい猫を狙《ねら》っていて。だいたい去勢手術《きょせいしゅじゅつ》もしてない猫を放《はな》し飼《が》いにしていること、すごくすごく非常識《ひじょうしき》であるですって！」

少々変わった話し方をするのは、彼女《かのじょ》がスウェーデン人とのハーフだからだ。

短く刈《か》ったヘアスタイルで、背《せ》が高く手足も長い。まるで足高蜘蛛《あしだかぐも》みたいに見える。

その彼女を叔母《おば》に持つ茜崎夢羽《あかねざきむう》にも、当然少しだけ外国人の血が混《ま》じっている。それを物語る透《す》き通《とお》るような白い肌《はだ》、大きな瞳《ひとみ》、茶色がかった髪《かみ》……そのすべてが美しく、西洋人形のようだった。

ただし、彼女の場合は背《せ》も低く、ほっそりしていて、いかにも華奢《きゃしゃ》な体形をしていた。

たいして反応《はんのう》のない夢羽《むう》にイライラして、塔子《とうこ》は家のあちこちを素早《すばや》く見回した。

「……で？　問題児はドコいるですか？」

「ラムセスなら、さっき出て行ったよ」

夢羽《むう》の返事を聞き、「あぁぁ、また文句《もんく》言われるです！」とまたまた大げさにため息をつくのだった。


早春。

まだまだ寒い日も続くが、垣根《かきね》の木々には浅い緑色の木の芽が日に日に色づいてきているし、昼の日差《ひざ》しも見違《みちが》えるほど明るい。たまに降《ふ》る冷たい雨や容赦《ようしゃ》なく吹《ふ》き荒《あ》れる風さえなければ、すっかり春になったのかと思うような穏《おだ》やかな日もあった。

それに、春なのは天候だけではない。

猫《ねこ》たちにとっても春なのだ。

だから、夜中になると、あちこちから夜風にのって、ノラ猫たちのうるさい声が聞こえてくる。

猫《ねこ》たちの恋《こい》のシーズンが終わり、しばらくすると、子猫たちが生まれ、その愛らしい姿《すがた》を見せることになるのだが……。

塔子《とうこ》をいきなり怒鳴《どな》りつけた柳《やなぎ》は、チンチラ猫のメスを飼《か》っている。

一歳《さい》になったばかりの若《わか》い猫で名前は桃香《ももか》。夢見《ゆめ》るような淡《あわ》いグレーの濃淡《のうたん》の柔《やわ》らかな長毛とサファイヤブルーの瞳《ひとみ》を持っている。当然、血統書付《けっとうしょ》き。彼女《かのじょ》の母親も祖母《そぼ》も、品評会《ひんぴょうかい》では部門賞で一位を取ったことがある。

柳《やなぎ》の野望は桃香《ももか》にも一位を取らせ、その子供《こども》にも一位を取らせることだ。

つまり、いずれ立派《りっぱ》な血統の婿《むこ》を取り、かわいい子猫を産ませ、育てようと計画していたわけだが、そこに目障《めざわ》りな相手が登場した。

ラムセスである。

夢羽《むう》が飼っている猫……といっても、彼《かれ》だって並《なみ》の猫ではない。

エジプト生まれの彼はサーバル・キャットという種類で、座《すわ》ると夢羽《むう》の腰《こし》くらいまである。

キリっとした精悍《せいかん》な顔つきをしていて、くっきりした斑点模《はんてんも》様《よう》が美しく、猫というより小型の豹《ひょう》のようだ。

敏捷《びんしょう》で、優《すぐ》れた運動能力《のうりょく》も持っているうえ、頭もいい。

彼《かれ》は自由に家と外を出入りしている。たまに、何日か帰ってこないこともあるが、夢《む》羽《う》はたいして気にしない。適当《てきとう》にまたもどってくるのを知っているからだ。

だが、今回の問題というのは……箱入り娘の桃香《ももか》をラムセスが連れだしてしまうことだった。

「連れだすと言ったって、別に無理矢理《むりやり》じゃないデス。そっちの猫《ねこ》だって、気があるんでしょ、言いました！　そしたら、どうです⁉　そのオジイチャン、頭から湯気ポッポッ出しました‼　いい気味デス。ハッハッハッハ‼」

塔子《とうこ》は両手を腰《こし》に置き、顔を夕焼け色に染《そ》めて、豪快《ごうかい》に笑うのだった。

2

「あぁー、でもぉー、そのおじいさんが怒《おこ》るの無理ないかも」

翌日《よくじつ》は日曜日。

元《げん》といっしょに、夢羽《むう》の家へ遊びに来ていた瑠香《るか》が言いにくそうに言った。

「そうかなぁ。ラムセスには罪《つみ》、ないだろ？　ドアを開けたりするわけじゃないし、たまたま開いてる窓《まど》からその猫《ねこ》が勝手に出ちゃっただけだろ⁇」

元《げん》が首を傾《かし》げる。夢羽《むう》は斜《なな》め四十五度の角度を見上げた。その先には明るい窓しかない。

「まぁね。でも、たしかにまだ手術《しゅじゅつ》してないからなぁ」

「手術？」

元《げん》が聞くと、夢羽《むう》が答えるより先に瑠香《るか》が答えた。

「避妊《ひにん》……じゃなくて、ラムセスの場合はその逆《ぎゃく》かぁ。とにかく赤ちゃん、作らないようにする手術だよ！」

「あ、あぁ……赤ちゃん……」

元《げん》はなんだか身の置きどころがなくなり、椅子《いす》に座《すわ》ったまま体を小さくした。

女の子ふたりを相手に、赤ちゃんの話をするのは決まりが悪いものだ。

その時、塔子《とうこ》がキッチンから大きなお盆《ぼん》を持ってきた。

「そりゃね。人間の場合はボーイズがきっちりそこんとこ責任《せきにん》持たなきゃいけません。バット、ラムセス、猫《ねこ》です。赤ちゃんできないようにするの、ガールズのほうじゃないですか⁉」

お盆の上には焼きたてのマフィンと紅茶《こうちゃ》が載《の》っている。クルミやバナナチョコチップがふんだんに入ったマフィンは瑠香《るか》の大好物だ。

「うわぁ、いい匂《にお》い！」

パっと、目を輝《かがや》かせた。

窓際《まどぎわ》の小さい丸テーブルはティーセットとマフィンの入ったカゴを載せると、それだけでいっぱいになってしまった。

「でも、ノラ猫をこれ以上増《ふ》やさないためには、外を自由に歩かせる猫にはちゃんと手術《しゅじゅつ》しなきゃいけないし、予防接種《よぼうせっしゅ》もしとかなきゃいけないって。うちのママは言ってます。だいたい猫を外歩きさせちゃいけないって言う人たちも多いそうですよ」

マフィンを手に取った瑠香《るか》が言うと、塔子《とうこ》はあごをゴシゴシこすった。

「ふうむぅ、そうなの？　してるけどね、予防接種《よぼうせっしゅ》。ＯＫ！　わかりました。さっそく相談します、病院に」

「思い立ったが吉日《きちじつ》」というのが信条《しんじょう》の塔子《とうこ》。すぐに、動物病院に電話をかけたが、あいにく日曜なので、お休みだった。

塔子《とうこ》は電話を置くと、瑠香《るか》に言った。

「残念！　でも、わかったです。明日《あした》、電話するデス。柳《やなぎ》っていうオジイチャン、気にくわなかったけど。猫《ねこ》たちに罪《つみ》ないです。瑠香《るか》、サンキュウ！」

「ユーアーウェルカム！」

瑠香《るか》が覚えたての英語で答えると、塔子《とうこ》は親指をグイっと立ててみせた。そして、

「さっきは人間ならボーイズの責任《せきにん》と、わたし言ったけど。大変、残念なことながら、ダメなボーイズ多いネ。ガールズはガールズでしっかりしなきゃダメ。自分の身を守るのは自分だから。瑠香《るか》も夢羽《むう》も、約束！」

何か考えるところがあるようで、塔子《とうこ》はいつになく真面目《まじめ》な顔つきでふたりを見た。

瑠香《るか》と夢羽《むう》が「はい」と返事をすると、ようやく納得《なっとく》したように笑った。それから、

ひとり居場所《いばしょ》がないような顔をしている元《げん》に言った。

「ソーリー、元《げん》。元《げん》はダメなボーイズになっちゃダメね。ガールズ、ちゃんと守るボーイズになろう。ＯＫ？」

「お、オーケー」

元《げん》があわてて返事をすると、瑠香《るか》と夢羽《むう》はクスクス笑った。

「で、ラムセスはどこにいるの？」

赤い顔になった元《げん》がわざとらしく大きな声で聞くと、夢羽《むう》は目線を階段《かいだん》へ向けた。

すると二階へ上がる階段から、音もなく噂《うわさ》の張本人《ちょうほんにん》がのっそり姿《すがた》を現《あらわ》した。

「あ、ラムセスー！」

自分の家でも猫《ねこ》を飼《か》っている瑠香《るか》が両手を広げて、ラムセスを呼《よ》ぶと、彼《かれ》は彼女《かのじょ》の足下にやってきた。

そして、頭の後ろをぐいぐいと瑠香《るか》の足にこすりつけ、喉《のど》を鳴らした。そうやっていると、普通《ふつう》の猫となんら変わらない。体格《たいかく》がものすごく大きいというだけで。

「かぁーわいい！」

瑠香《るか》が大喜びでラムセスの頭をなでてやると、彼《かれ》は目を細めた。

そのようすを見て、元《げん》はため息をついた。

「ラムセス、手術《しゅじゅつ》するんだってさぁ」

「かわいそうだけど……しかたないよね。ラムセス」

瑠香《るか》の声にラムセスは（何、言ってるんだい？　お嬢《じょう》ちゃん）という顔で見上げ、また頭のてっぺんを瑠香《るか》の手に押《お》しつけた。

「まぁ、このままノラ猫《ねこ》が増《ふ》えてしまうと、それはそれで困《こま》るんだろうけど……」

元《げん》の家の近くでも問題になっている。

「うん。ゴミ箱をひっくり返したりするって。まぁ、食べるものないからなんだけどさ」

瑠香《るか》はラムセスをなでながら言った。

「そっかぁ……そう言えば、エサあげちゃダメだって言われたことあるな」

「でしょう？　だから、よけいにゴミ箱をひっくり返しちゃったりするんだけど」

「うーん、むずかしいね」

ノラ猫《ねこ》のことだけでも、こんなにむずかしいんだ。世のなかにはいっぱいむずかしい問題があるんだろうな。

ふと元《げん》はそう思った。

なんとなくみんなが黙《だま》ってしまった時、夢羽《むう》がぽつりとつぶやいた。

「でも、ノラ猫が一匹《ぴき》もいない世界というのがあったら、それはそれで怖《こわ》い気がする」

すると、塔子《とうこ》がため息混《ま》じりに言った。

「わたしのオジさん、地中海の小さな漁村、住んでるね。そこ、ノラ猫天国よ。魚釣《さかなつ》りしたら、猫にも一匹あげる。その猫たち、いろんな家でご飯もらったり、寝《ね》たりしてる。だから、いろんな名前あるね。あっちの家ではミーシャ、こっちの家ではリトル……」

そういえば、前にテレビでそういう村を元《げん》も見たことがある。

そこでは、ノラ猫たちにみんな優《やさ》しく、満ち足りた顔の猫たちが海べりの日だまりで仲良さそうに寝ていた。特に高価《こうか》な猫などもいない代わりに、やせこけた猫もいない。

猫と並《なら》んで魚釣りをしているおじいさんがしわだらけのいい笑顔《えがお》だった。

これだけ人が多いと、そこにノラ猫《ねこ》もうまく同居《どうきょ》していくっていうのはむずかしいのかもしれないけど。でも、地球って別に人間だけのものじゃないもんな。

ノラ猫だって、もともとは人間が捨《す》て猫《ねこ》したりするからいるんだし。

たまに、ノラ猫を目の敵《かたき》にして、ほうき持って追いかけまわしたりする人がいるけど、あれはおかしい。

夢羽《むう》が言うように、ノラ猫が一匹《ぴき》もいない世界になったら、ちょっとぞっとするかもしれないな。

元《げん》はそう思いながら、紅茶《こうちゃ》をごくりと飲んだ。

3

ラムセスの手術《しゅじゅつ》は翌週《よくしゅう》の水曜日になった。

それまでは、家に閉《と》じこめられることになったもんだから、最悪に機嫌《きげん》が悪い。

「あー、ダメです。ドア、すぐ閉《し》めるデス‼」

放課後にようすを見に来た元《げん》と瑠香《るか》。

ドアを開けるなり、塔子《とうこ》の声が飛んできた。


バンッ！


家のなかに入り、ドアを閉《し》めた時、ラムセスが飛びかかってきた。

間一髪《かんいっぱつ》、ドアが先に閉まったもんだから、ラムセスはドアにぶつかり跳《は》ね返《かえ》った。

「きゃっ」

「わわわ、びっくりした」

スタっと一回転を決め、床《ゆか》に立ったラムセスは恨《うら》みがましそうに閉まったドアを見上げ、その後に元《げん》と瑠香《るか》を見た。

「ご、ごめんね、ラムセス」

「うん……あと少しの辛抱《しんぼう》だからさ」

ふたりがすまなさそうに言うと、ラムセスは「ふん！」と鼻を鳴らし、スタスタと立ち去り、出窓《でまど》へ行きドスっと音をたてて座《すわ》った。

黒い鼻を窓ガラスにくっつけて、ものすごい目付きで外をにらみつけている。

「わぁ、すごいパフォーマンス」

瑠香《るか》が言うと、塔子《とうこ》が大げさに肩《かた》をすくめてみせた。

「大変です、昨日《きのう》から。ラムセス、ものすごく怒《おこ》ってます。昨日の夜、わたしのベッドルームの前をずっとずっと行ったり来たりしてました。あれ、ワザとです、絶対《ぜったい》」

「あ、夢羽《むう》！」

二階から夢羽《むう》が現《あらわ》れたのを瑠香《るか》が見て、手をあげた。

「ラムセス、大変だね」

「彼《かれ》にちゃんと説明したんだけど、わかってもらえなかった……」

珍《めずら》しく夢羽《むう》もしょんぼりしている。

説明って……。

普通《ふつう》の猫《ねこ》相手なら、おかしいと思うだろうが、これがラムセスでしかも説明したのが夢羽《むう》なら、なんだか納得《なっとく》できる。

「ほら、ラムセス！　遊ぼうよぉ」

瑠香《るか》は家から持ってきたとっておきのオモチャをカバンから出した。

編《あ》み棒《ぼう》の先に紐《ひも》をつけ、さらにその紐に小さなネズミのヌイグルミを付けた手製《てせい》のオモチャである。

「ほらほら！」

瑠香《るか》は編み棒をサッサっと不規則《ふきそく》に動かし、ラムセスの気を引こうとした。

しかし、彼《かれ》は横目でチラっと見ただけ。また窓《まど》の外へと視線《しせん》をもどした。

「うっそおぉ！」

このオモチャで遊ばない猫《ねこ》はいないと絶対《ぜったい》の自信を持っていた瑠香《るか》は、ラムセスのすぐそばまで行き、やっきになって編み棒を動かした。

「ねーねー、ラムセスってばぁー‼」

鼻先でネズミを動かしてみても、彼は物憂《ものう》げに窓を見つめたままだった。

「今はそっとしておいてやれば？　そんなのでのんきに遊ぶ気分になれないんだよ」

元《げん》が言うと、瑠香《るか》は残念そうにもどってきた。

そして、椅子《いす》に座《すわ》ったかと思うと、急にパンと手をたたいた。

「あ？」

「⁇」

驚《おどろ》く元《げん》と夢羽《むう》を見て、顔を輝《かがや》かせる。

「そうだ‼　夢羽《むう》、元《げん》くん。クイズ！」

「ええ⁇」

何を突然《とつぜん》言いだすんだ？

元《げん》が目を見張《みは》る。

まぁ、「突然言いだす」のはいつものことだが。

「えっへっへ。昨日《きのう》、テレビでやってたんだ。ねぇ、『IQでSHOW《ショー》！』見た？」

瑠香《るか》が聞く。ふたりとも首を左右に振《ふ》った。

その番組はよくあるトンチクイズやナゾナゾ、間違《まちが》い探《さが》しなどをお笑い芸人やタレントたちがチーム対抗戦《たいこうせん》で解《と》き、一番いい成績《せいせき》の人だけ歌を歌ったり芸を披露《ひろう》したりできるという番組だ。

ふだんは元《げん》もよく見るのだが、昨日《きのう》は本を読むのに夢中《むちゅう》になってしまって、見《み》すごしてしまったのだった。

瑠香《るか》は両手をぎゅっと握《にぎ》り、笑った。

「よかった！　それでやってたの。あるなしクイズだよ！」

「ふむふむ」

「あるなしクイズ」というのは、言葉をふたつのグループに分け、こっちは「ある」けど、こっちは「ない」と、ヒントを出していく。なぜあって、なぜないのか、その法則《ほうそく》を考えるというクイズだ。

「『おねえさん』にはあるけど、『おにいさん』にはない。『やつ』にはあるけど、『きみ』にはない。『すき』にはあるけど、『あいしてる』にはない」

瑠香《るか》が得意そうに言う。

元《げん》は人さし指をペンに見立てて、空中に文字を書いてみた。

でも、よくわからない。

夢羽《むう》は黙《だま》ったまま微笑《ほほえ》む。

「あれ？　もうわかったの⁉」

「もうわかったわけ？」

元《げん》と瑠香《るか》が同時に聞くと、夢羽《むう》は静かにうなずいた。

「ちぇ、夢羽《むう》ってどういう頭の構造《こうぞう》してるんだろう。ちょっとは悩《なや》んでほしいなぁ！」

瑠香《るか》はくるんとカールしたツインテールの先を指先でクルっと巻《ま》きながら言った。

「じゃあ、何か言ってみてよ！　何ならあって、何ならないって！」

瑠香《るか》に言われ、夢羽《むう》は少しだけ考え、小さな桜《さくら》の花びらのような口を開いた。

「『重要《じゅうよう》』にはあって、『大切《たいせつ》』にはないとか。『始《はじ》め』にはあって『終《お》わり』にはないとか」

それを聞いて、瑠香《るか》は両手を開き、ため息をついた。

「正解《せいかい》！」

「えええええ⁉」

元《げん》はまださっぱりわからない。今はまだ他《ほか》にいないからいいけど、これが多人数いたりして、ひとりわかり、またひとりわかり……となってしまったりすると、残されてしまう者がとてもつらくなる。

答えを教えてもらえばなんてことないのに、焦《あせ》れば焦るほどわからなくなるパターンだ。

4

「うーん……『おねえさん』にはあって、『おにいさん』にはない……？」

頭を抱《かか》えていると、「元《げん》、漢字で書いてみるとわかるよ」と、夢羽《むう》はメモ用紙とペンを渡《わた》した。

「漢字？」

瑠香《るか》はとたんに「あぁー！」と目をつり上《あ》げた。

「だめじゃん。それじゃわかっちゃうし。元《げん》くんには明日《あした》まで悩《なや》んでもらおうと思ってたのにぃ」

「えええ？　悩みすぎだろ」

元《げん》が口をとがらせる。

「で？　わかったわけ？」

「ちょ、ちょっと待って……」

元《げん》は首を傾《かし》げながら、もらったメモ用紙に『お姉《ねえ》さん』『お兄《にい》さん』、『奴《やつ》』『君《きみ》』、『好き』『愛してる』、『重要《じゅうよう》』『大切《たいせつ》』と書いていった。そのようすをのぞきこみ、

「ばっかねぇ。『ある』『なし』で分けて書くのよ！」

瑠香《るか》が横から口を出す。「ばっかねぇ」の「ばっ」にアクセントを付けて。

「わ、わかってるよ‼」

つい声が大きく、とげとげしくなる。

「やぁねぇ、自分だけわからないもんだから。男のヒステリーは幸《さち》が薄《うす》いってママが言ってたよ」

　つくうううう‼

なんて、なんて、なんてかわいくないんだろう⁉

アメリカのアニメみたいに両耳から蒸気《じょうき》がブッシューっと出そうだ。実際《じっさい》、顔が真《ま》っ

赤《か》になっているのがわかる。

　すると、横で聞いていた夢羽《むう》がブっとふきだした。

「え？　なんかまた間違《まちが》った？」

　瑠香《るか》が不安そうに聞くと夢羽《むう》は笑いながら答えた。

「それ、言うなら『たちが悪い』だと思う」

「そ、そうなの⁇」

　今度は瑠香《るか》が赤くなる番だ。ついこの前も、言葉の間違《まちが》いをクラス一の秀才《しゅうさい》、小林《こばやし》聖二《せいじ》に指摘《してき》されたばかりだ。

　彼女《かのじょ》はいつも惜《お》しい間違いをして、夢羽《むう》や小林《こばやし》を笑わせる特技《とくぎ》があるのだ。

「ま、いいわ。とにかくね。そうやって怒《おこ》ることを『逆《ぎゃく》ギレ』って言うの。そういうのって、人として最低だと思う。うーん、人としてと言うか、男として！」

　はぁぁぁぁ……。

　こいつ、いつか「まいりました！」と言わせてやる。「元《げん》くん、すみませんでした。もう二度とバカにした言い方はしませんので、勘弁《かんべん》してください」って、頭を下げさせてやるのだぁぁ！

くそおぉぉ。

平常心《へいじょうしん》、平常心と呪文《じゅもん》のように唱えつつ、メモ用紙をもう一度見た。

すると、不思議《ふしぎ》なもので。なぜあんなにわからなかったのか、わからないくらいにすぐわかってしまった。

「わかった！　漢字にすると、『女』が入ってるか入ってないか」

そう。

『お姉《ねえ》さん』、『奴《やつ》』、『好き』、『重要《じゅうよう》』、『始《はじ》め』……。すべて漢字にすると、女という部首が入っている。

「ふん、ここまでヒント言われればわかるよね！」

と、瑠香《るか》がさらにかわいくないことを言った時だ。

「さあさ、今日《きょう》は和菓子《わがし》でーす！」

塔子《とうこ》がキッチンから大きなお盆《ぼん》を運んできた。

上には、淡《あわ》い抹茶色《まっちゃいろ》のうぐいす餅《もち》と熱そうなほうじ茶。薄《うす》い餅の上には、抹茶色の粉とほんの少しの金粉がかかっている。

「すっごーい！　もしかして、これも塔子《とうこ》さんの作品⁇」

瑠香《るか》がびっくりすると、塔子《とうこ》はケラケラ笑った。

「ふふふ、どうですカ⁉　夢羽《むう》にインターネットでレシピを調べてもらったの。なかのあんこも自家製《じかせい》よ」

「すごい。今どき、日本の母親だって、こんな本格的《ほんかくてき》な和菓子《わがし》作ったりしないもん！」

元《げん》もそれには同感だ。たまにホットケーキや白玉団子《だんご》くらいは作ってくれるが。

「残念ねー。日本、すっばらしい文化ありまーす。和菓子、かわいいねー！　四季オリオリ、感じさせますね‼」

やっぱり外国の人のほうが、日本の良さがわかるのかもしれないな。

前に、母親が似《に》たようなことを言っていたことがある。元《げん》はふとそんなことを思い出した。

さっそく塔子《とうこ》特製のうぐいす餅《もち》を食べてみる。

もちっとしていて、その上ふわぁっと口のなかで上品な甘《あま》さが広がる。

「おいしーーい！」

瑠香《るか》が口の周りに抹茶色《まっちゃいろ》の粉をいっぱいつけたまま叫《さけ》ぶ。

「ううぅ、うまい……」

元《げん》もうなった。

「ほーーっほほほほほ‼」

と、塔子《とうこ》が勝《か》ち誇《ほこ》った時だ。


リンゴーン‼

玄関《げんかん》のドアベルが鳴った。

★理由

1

「うちの桃香《ももか》を知りませんかな⁉」

頭のてっぺんをツヤツヤさせたおじいさんが肩《かた》を怒《いか》らせ、立っていた。

一目で、ラムセスについて文句《もんく》を塔子《とうこ》に言った柳《やなぎ》だというのがわかる。

「知らないです！　うちのラムセスならここにいるですよ。昨日《きのう》から、一歩も外に出してないです。文句言われても知らないです。かわいそうだけど、ラムセス、今度手術《しゅじゅつ》するです。だから、いろいろ言われる筋合《すじあ》いないわけです！　おわかり⁉」

柳《やなぎ》が次に何か言う前に、塔子《とうこ》はものすごい勢《いきお》いで畳《たた》みかけた。

その迫力《はくりょく》におされたのか、

「は、は、は――っくしょん‼」

柳《やなぎ》は大きな白いマスクをしたまま、派手《はで》なクシャミをした。

「ブレスユウ！」

塔子《とうこ》がすかさず言ったが、柳《やなぎ》は「は？」という顔。

彼女《かのじょ》は目を三角にして言った。

「神のご加護《かご》を！　という意味デース。クシャミする人に言いマス」

「はぁ、それはどうも。はぁはぁ、は──っくしょん‼」

「ブレスユウ！」

「ど、ども、は、は、はっくしょ──ん！　はっくしょん‼」

「……あぁた、風邪《かぜ》ひいてんデス？　なら、家でおとなしくしてたほうがいいデス」

「そ、そういうわけにはいかん！　桃香《ももか》が今朝《けさ》から行方《ゆくえ》不明で。は、は、はっくしょーん！」

涙目《なみだめ》になっている柳《やなぎ》のおしりのポケットで携帯《けいたい》電話が派手に鳴った。

なんと着信音は『犬のおまわりさん』。「まいごのまいごのこねこちゃん、あなたのおうちはどこですか♪」という歌。よっぽど猫好《ねこず》きなんだなと、瑠香《るか》も元《げん》も思わずふきだしそうになった。

「し、失敬《しっけい》！」

あわてて携帯《けいたい》に出た柳《やなぎ》。

「あ、ん、ん、そ、そうか⁉　ああ、わかった。すぐ帰る。は、は、はっくしょーん！」

目をこすりこすり携帯を切った後、塔子《とうこ》に言った。

「留守《るす》を見てくれてる友人から電話があった。桃香《ももか》は家にいたらしい。ま、それとこれとは別だ。手術《しゅじゅつ》した後も、その大きな猫《ねこ》、もう二度とうちの子には近づかせないでほしい。いいですな？　はーっくしょん！」

最後にまた大きなクシャミをし、出ていった柳《やなぎ》に塔子《とうこ》は目をつり上《あ》げて叫《さけ》んだ。

「ブレッスユウ！！！」

そして、ドスドスっと大きな足音をたて、キッチンに向かったかと思うと、何やらツボを持ってもどってきた。

「塔子《とうこ》さん、それ何？」

瑠香《るか》が聞くと、塔子《とうこ》は目をつり上《あ》げたまま、ツボの中身をむんずとつかんだ。

「塩ですよ！　塩、まくよ、いっぱい‼」

パッパパッパっと白い粉を威勢《いせい》良く玄関《げんかん》にまく。

仕上げにパンパンと手をたたき、塩を払《はら》い落《お》とした時だ。

猛《もう》スピードで玄関のドアからラムセスが飛びだしていってしまった。

「わわ、ラムセス！」

「だ、だめ。追いかけるです‼」

「わー！　ラムセス、もどっておいでー！」

あわてて叫《さけ》んだ時は後の祭り。なぜか急に監禁《かんきん》され、ずっとストレスをためていたラムセスがもどってくるわけもない。

春になりかけの庭に、一陣《いちじん》の風が吹《ふ》き、小さなつむじを巻《ま》いて消えていった。

そこにいた全員がぼんやりとそのようすを見つめつつ、同時にため息をついたのだった。

「困《こま》ったもんです。またあのイヤなオジイチャンに文句《もんく》言われるよ！」

まだ何も言われてないのに、塔子《とうこ》はさんざん怒《おこ》られた子供《こども》のような顔である。

「だいじょうぶですよ！　わたしたちで捜《さが》しますから‼」

ドンと胸をたたいてみせたのは瑠香《るか》だ。しかし、元《げん》はまったく自信がない。

「ラムセス、捜すの大変だよ……」

そう。以前にもラムセスが行方《ゆくえ》不明になって、町中を捜し回ったことがあったのだが、敏捷《びんしょう》で俊足《しゅんそく》の彼《かれ》を追いかけるのは思ったより大変だったからだ。こっちは地面を歩いていくしかないのに、あっちは木の上や塀《へい》の上に登ったり、細い穴《あな》をくぐりぬけたりするから、まるで勝負にならない。

「ま、とりあえず、柳《やなぎ》っておじいさんの家へ行ってみればいいんじゃん？　きっとそうだよ」

「そっかなぁ？　ラムセスってかなり頭いいからな。必ず行くだろうってところにはわざわざ行かないと思う」

「そっかぁ……。でも、とりあえず行ってみようよ。その桃香《ももか》って猫《ねこ》も見てみたいし。

あ、そうだ！　それに、またコウキチを貸《か》してもらえばいい！」

コウキチというのは、以前、知り合った家で飼《か》っている雑種犬《ざつしゅけん》だ。

しかし、もうそうとうの老犬なので、散歩といっても近くをほんの気持ち程度《ていど》にゆっくりのんびり歩くのが好き。もっぱら日だまりで昼寝《ひるね》しているのが趣味《しゅみ》という犬である。

だから、こうして時々思いだしては、瑠香《るか》が引《ひ》っ張《ぱ》り回すのを非常《ひじょう》に迷惑《めいわく》している。

たぶん、今も瑠香《るか》の言葉を聞いていたら、

（め、めっそうもない‼　なんで、あんたは何かっちゃ、すぐわたしのことを思いつくんですか‼）

と小さな目を見開き、あわてて首を横に振《ふ》っただろう。

いつもならそれに反対する元《げん》も、前にラムセスを捜《さが》した時、案外コウキチが役に立ったことを思いだして、

「そうだな。ま、最後の手段《しゅだん》ってことで」

と賛成《さんせい》した。もちろん、ここにコウキチがいれば、

（ぼ、ぼっちゃん……まさかあんたまで、そんなこと言うとは）

と、耳を疑《うたが》い、絶望的《ぜつぼうてき》な目で元《げん》を見たに違《ちが》いなかった。

2

柳《やなぎ》の家は、夢羽《むう》の家から少し下《くだ》ったあたりの住宅街《じゅうたくがい》にあった。

古くもなく、さりとて新しくもない普通《ふつう》の二階建て住宅。併設《へいせつ》された駐車場《ちゅうしゃじょう》にはクリームイエローの車が停《と》まっていて、その上にも下にもノラ猫《ねこ》たちが目を細めてひなたぼっこをしていた。

虎猫《とらねこ》、白と黒のブチ猫、鼻の脇《わき》に大きなホクロのように黒い斑点《はんてん》をつけた薄茶《うすちゃ》の猫、シッポがカギのように曲がった茶虎猫、目つきのものすごく悪いデブ猫……。

彼《かれ》らが毎晩《まいばん》毎晩、大きな声をあげ、近隣《きんりん》の人たちの安眠《あんみん》を妨害《ぼうがい》している張本人《ちょうほんにん》だろう。

元《げん》たち三人がやってきたのを半目だけ開けて見たが、すぐまた何事もなかったかのように軽く伸《の》びをして昼寝《ひるね》にもどった。

古ぼけた赤い郵便《ゆうびん》受けのついた門には、「柳一郎《やなぎいちろう》、容子《ようこ》、里江《りえ》、桃香《ももか》」とかわいらしい木彫《きぼ》りのプレートが下がっていた。

手作りらしく、それぞれのかわいらしい似顔絵《にがおえ》まで描《か》いてあった。誰《だれ》が作ったのかはわからないが、あのおじいさんが作ったのだったら……と想像《そうぞう》し、元《げん》は思わずふきだしそうになった。

きちんと手入れされた庭の一角には、これまたキチっと洗濯物《せんたくもの》が干《ほ》してある。ラクダ色のモモヒキやシャツ、靴下《くつした》などが風をはらんでゆれていた。

「ラムセス！」

「ラムセスー！」

瑠香《るか》たちは小声でラムセスを呼《よ》んでみた。大声で呼んだりして、柳《やなぎ》に見つかり「なに！　逃《に》げられたのか!!」と怒《おこ》られそうだからだ。

しかし、ラムセスがいる気配《けはい》はまったくない。

正面玄関《げんかん》の右、庭に面したところには、明るい日差しを受けて輝《かがや》く大きなガラス窓《まど》のある縁側《えんがわ》があった。なかにはレースのカーテンがかかっている。

そのカーテンと窓《まど》の隙間《すきま》に猫《ねこ》がいる。
ふさふさの長毛で鼻と耳だけ淡《あわ》いグレーになったチンチラ猫。
どうやらあれが噂《うわさ》の桃香《ももか》ちゃんなんだろう。

元《げん》が指さすと、瑠香《るか》も夢羽《むう》も無言でうなずいた。

桃香《ももか》は元《げん》たちを見ると、青い目を少しだけ大きくしたが、すぐまた興味《きょうみ》を失ったように空を見上げた。

「あぁあ……こんなにいい天気なのに、わたしはどうしてお外に出られないのかしら。愛《いと》しのラムセス様、早くわたしを迎《むか》えに来て……」

突然《とつぜん》、猫がしゃべったのかと驚《おどろ》いたが、瑠香《るか》の声だった。

「びっくりさせんなよ！」

元《げん》が言うと、彼女《かのじょ》は肩《かた》をすくめた。

「えへへ、だって、そんな感じじゃない？　きっと外出て遊びたいんだよ」

「まぁね。目の前に自由にしてるノラ猫《ねこ》がこれだけいればね」

「うんうん。うちの猫も外には出たことないけど、マンション猫だからね。外を歩くなんてこと生まれてこのかた考えたことも見たこともないからさ」

「なるほどね……」

桃香《ももか》の後ろには茶色い応接《おうせつ》セットが見えていて、ソファーの背《せ》から柳《やなぎ》のツルツル頭が半分見える。テレビでも見ているんだろう。手にはコントローラーが握《にぎ》られていた。

三人は柳《やなぎ》に見つからないよう注意しながら、家の周囲をゆっくり調べて回った。

駐車場《ちゆうしやじよう》にも庭にも門の周りにも裏《うら》にも、びっしりと空《から》のペットボトルが並《なら》べられている。

「時々見かけるけど、これって何のためにこうしてるんだ？」

夢羽《むう》が首を傾《かし》げた。

彼女《かのじょ》は元《げん》たちが知らないことを知っている代わりに、みんながよく知ってることを知らないことがよくある。

「ああ、これね。猫避《ねこよ》けだよ」

瑠香《るか》が答えると、夢羽《むう》はますます不思議《ふしぎ》そうにした。

「猫避け？　こんなので猫避けになるの？　いや、と言うか、なってない……」

たしかに、猫避けのために並《なら》べられたペットボトルを難《なん》なく飛《と》び越《こ》え、ノラ猫たちが自由に行き来している。

「まぁ、おまじないみたいなもんかな？」

瑠香《るか》が笑った。

「それにしても、柳《やなぎ》っていうおじいさんは『猫好き』なのかと思ったら、そうでもないんだな。こんなに猫避けを置いてるってことは」

夢羽《むう》は目を細め、二階建ての柳《やなぎ》の家を見上げた。茶色の屋根の端《はし》に太陽が小さく見える。

「そうだね。でも、いるよぉ。自分ちの猫は好きだけど、ノラ猫は汚《きたな》いからイヤだって言う人。あちこちにおしっこしちゃうしさ。あと、猫《ねこ》は好きだけど犬は嫌《きら》いとか、反対に犬はいいけど猫はイヤだとか。わたしは動物みんな好きだけどね！」

「そうか……そういう人は動物が好きっていうわけじゃないんだな」

そういう夢《む》羽《う》の声はどこか寂《さび》しげで、何かをあきらめたような響《ひび》きがあった。

「オ、オレは動物ならみんな好きだけど」

あわてて元《げん》が言うと、瑠《る》香《か》がケラケラ笑った。

「保育園《ほいくえん》の時、すっごーくちっちゃい犬に追いかけられて、泣きながら逃《に》げ回《まわ》ってたくせにぃ！」

「そ、そ、それはっ!!」

あぁぁあぁ。

だから、幼《おさな》なじみというのはイヤだ。

暴《あば》かれたくない過《か》去《こ》をすぐこうして、いとも簡単《かんたん》に暴くんだからなぁ！

あれは忘《わす》れもしない……保育園のみんなで噴水《ふんすい》のある公園に行った時のことだ。犬も猫も好きだった元《げん》が散歩に来ていたちっちゃなチワワの頭をなでようと手を出した。

すると、そのチワワ。体のわりにものすごく勝ち気な女の子で、いきなり汚《きたな》い手を出してきた男の子に（何、すんのよっ！　失礼な子ね！）とばかりに吠《ほ》えたてた。

びっくりして逃《に》げだした元《げん》だったが、チワワとしてはおいそれと許《ゆる》すわけにいかなかったらしい。激《はげ》しく吠えたてながら噴水《ふんすい》の周りを追いかけ回した。

元《げん》は泣きながら逃げ回り、足がもつれて見事に転んだ。両膝《りょうひざ》をすりむき、あごまで打った。それが痛《いた》くてうつぶせに倒《たお》れたまま声をあげて泣いていたのだが、その背中《せなか》にすっくと立ち、チワワが勝利の雄叫《おたけ》びをあげたというオチまでついていて。それはもう最大級に屈辱的《くつじょくてき》な出来事だった。

その時のようすをありありと思いだしてしまい、できればそのまま帰りたかったが、もちろんそんなことはできない。

「ふん！　と、とにかく他《ほか》を捜《さが》そうぜ‼」

元《げん》はふくれっ面《つら》をしたまま歩きだすのがせいぜいだった。

3

近所を歩き回ったが、案《あん》の定《じょう》、ラムセスは見つからない。

こうやって猫《ねこ》を捜《さが》しながら歩いていると、ノラ猫の多いのに驚《おどろ》く。家の軒下《のきした》、道に停車中の車の下、ブロック塀《べい》の上、青いゴミ箱のフタの上……。

「たくましいよなぁ」

元《げん》が感心して言うと、瑠香《るか》がため息をついた。

「でもね、ノラ猫って寿命《じゅみょう》はすごく短いんだって。家猫だと十歳《さい》以上なんて普通《ふつう》だし、長生きの猫なら二十歳なんて化け猫クラスもいるらしいけど、ノラ猫は平均《へいきん》五歳くらいだって」

「そんなに違《ちが》うんだ?」

「そそ。やっぱりね、食べるものが悪いじゃない? ゴミ箱をあさったりして、辛《から》いものや腐《くさ》りかけたものを食べるしかないし。飲み水だってきれいじゃないだろうし。冬の寒い時にも外で寝《ね》たり、雨に打たれたりして風邪《かぜ》もひくだろうしさぁ」

「そうかぁ……」

図太い顔をしているように見えて、やっぱり彼《かれ》らは彼らで生きていくのは大変なんだな。

「あぁぁ、それにしてもラムセスいないね。あ、もしかして、夢羽《むう》の家に帰ってたりして！」

瑠香《るか》はそう言ったが、元《げん》にはとてもそうは思えなかった。

夢羽《むう》も同じことを考えたらしい。

「いや、たぶん彼《かれ》のことだ。二、三日は帰ってこないだろうね。または、こっそり知らない間にもどって、ご飯だけ食べてまた出ていくとか。あんなふうに監禁《かんきん》されたことなんて、生まれて初めてだから、彼にとってはかなりショックなことだったと思う」

しみじみした口調で言う彼女《かのじょ》の横顔を見る。ラムセスの気持ち、そして、夢羽《むう》の気持ちを思い、元《げん》は胸《むね》がいっぱいになった。

「どうしよう。やっぱりコウキチを貸《か》してもらいに行く？」

瑠香《るか》が聞いたが、夢羽《むう》は緊張《きんちょう》した面持《おもも》ちでまっすぐ道の先を見た。

「なんだか胸騒《むなさわ》ぎがする。もう一度、柳《やなぎ》さんの家にもどってみよう」

「え？　何かわかったの⁇」

瑠香《るか》の目がみるみる期待で満ちる。

例によって、夢羽《むう》マジックなのか⁉

元《げん》も振《ふ》り返《かえ》ったが、彼女《かのじょ》は首を左右に振《ふ》った。

「いや、単純《たんじゅん》に『胸騒《むなさわ》ぎ』ってだけだ。でも、ラムセスのことだ。すぐには見つけられない場所で、さっきわたしたちがあそこに行ったのを見ていたんじゃないだろうか。他《ほか》を捜《さが》しに行ったのを見て、家へ近づいた可能性《かのうせい》はある」

「なるほどね！」

瑠香《るか》も元《げん》も感心して、再《ふたた》び柳《やなぎ》の家へ向かった。

だが、やっぱりラムセスの姿《すがた》はなかった。

「うーん……やっぱりいないね。コウキチに頼《たの》むしかないのかな？」

瑠香《るか》が言った時、塀《へい》の外から柳《やなぎ》の家のなかを見ていた夢羽《むう》の顔がにわかに緊張《きんちょう》した。

「なんだかおかしい……」

「え⁇」

「どうかしたの？」

「ノラ猫《ねこ》たちが一匹《ぴき》もいない！」

「え？　あ、あぁ。でも、猫ってみんな勝手だからさあ！」

瑠香《るか》は苦笑したが、夢羽《むう》はまったく笑わない。

「いや、それに……コントローラーが転がってる」

「え⁇」

元《げん》も窓《まど》から室内を見てみた。

本当だ。ついさっきまで柳《やなぎ》が握《にぎ》っていたテレビのコントローラーが床《ゆか》に転がっている。

柳《やなぎ》の頭は見えない。

と、その時だ。

ガッシャァアアア――――ン‼

突然《とつぜん》、ガラスが割《わ》れる音が響《ひび》いた。

どこから現《あらわ》れたのか、ブロック塀《べい》の上から大きな影《かげ》がサッと飛《と》び降《お》り、一階のガラス窓《まど》をブチ破《やぶ》ったのだ。

「きゃあああ‼」

「うわっ！」

瑠香《るか》と元《げん》が叫《さけ》ぶ。

ガラス窓を破った後、庭に転がり、一回転してスタっと立ったのはラムセスだった！

「ラムセス！　ちょ、ちょっと……！　おじいさんに怒《おこ》られるよ」

瑠香《るか》が真《ま》っ青《さお》になって言う。

元《げん》は驚《おどろ》きすぎて、言葉も出てこない。

しかし、もっと驚いたのは夢羽《むう》の行動だ。

彼女《かのじょ》は何の躊躇《ちゅうちょ》もなく門から庭のなかへ入った。そして、割れたガラス窓から手を入れ、鍵《かぎ》を解除《かいじょ》して開き、靴《くつ》のまま家のなかへ。チンチラ猫《ねこ》の桃香《ももか》があわてて外に飛びだ

コラーッ!!

した。そこにラムセスがかけよる。

「隣《となり》の人でも誰《だれ》でもいい。誰か呼《よ》んできて！　早く救急車‼」

「ええ⁇」

驚《おどろ》いている元《げん》たちに向かって、夢《む》羽《う》が家のなかから叫《さけ》んだ。

「ガスが漏《も》れてるんだ！　おじいさんが倒《たお》れてる‼」

4

「いやぁ……驚いたぁ」

瑠《る》香《か》が心からそう言うと、隣《となり》で元《げん》もふうぅっと息を吐《は》きだした。

ふたりとも、緊張《きんちょう》と驚きの連続で限界《げんかい》に近い。

夢《む》羽《う》に言われ、とにかく誰か大人《おとな》に知らせようと、隣の家へかけこんだふたり。ちょうど隣の奥《おく》さんが洗濯物《せんたくもの》を取りこもうとしている時だった。

見知らぬ小学生がふたり、あわてふためいて、

「と、隣《となり》の柳《やなぎ》さん、大変なんです！」

「きゅ、救急車‼　ガス漏《も》れだって」

「倒《たお》れてるって！」

「電話、してください！」

「すぐ、急いで‼」

と、口々に言ったものだから、彼女《かのじょ》は洗濯物《せんたくもの》を全部落としてしまった。

びっくりして、とにかく柳《やなぎ》の家へ走った。最初、窓《まど》ガラスは割《わ》れているし、柳《やなぎ》は倒《たお》れてるしで、すわ強盗《ごうとう》か⁉　と思ったそうだ。

後で事情《じじょう》を聞いた時には、なんて賢《かしこ》い猫《ねこ》なんだろうと、ラムセスをほめた。

で、まぁ、取るものも取りあえず、救急車を呼《よ》んだというわけだ。

「で、結局……どうだったんデスか？」

すべてが終わり、夢羽《むう》の家にみんなが帰り、ことのあらましを聞いた塔子《とうこ》は目をまん丸にして聞いた。

「あのオジイチャン、無事だったんデスか？」

「はい。煮物《にもの》をしていたのに、その火が消えてて、そこからガス漏《も》れしてたんですって。おじいさん、ガス中毒で倒《たお》れちゃって。でも、発見が早かったから助かるそうです」

瑠香《るか》が説明すると、塔子《とうこ》は大きなため息をついた。

「良かったデース。失礼なオジイチャンだったけど、元気になってほしいね。桃香《ももか》ちゃんも無事で何よりです」

それだけではない。夢羽《むう》がすぐにガスを止めて、窓《まど》や玄関《げんかん》を開けたから、大事にならなかった。最悪、ガス爆発《ばくはつ》していたかもしれず、そうなれば柳《やなぎ》だけでなく、桃香《ももか》も危《あぶ》なかったし、隣近所《となりきんじょ》にも被害《ひがい》が出ていたかもしれない。

駆《か》けつけたガス会社の人や救急隊員がしきりに感心していた。

「でも、なぜ夢羽《むう》はすぐにわかったの？」

瑠香《るか》が夢羽《むう》に聞いた。それは元《げん》も知りたいところだ。

夢羽《むう》は小さく肩《かた》をすくめてみせた。

「ついさっきまで駐車場《ちゅうしゃじょう》で昼寝《ひるね》していた猫《ねこ》たちが一匹《ぴき》残らずいなくなってたし。とにかく何かがあったんだろうと思った。動物は人にはわからない感覚を持っているからね。あんなにキチンと洗濯物《せんたくもの》を干《ほ》す人なのにコントローラーが転がったままになっていただろう？　表札《ひょうさつ》には他の家族の名前もあったが、洗濯物からすると、どうやら今はひとり暮《ぐ》らしらしいし。

どうしたのかと思ってたら、ラムセスが窓《まど》を割《わ》った。彼《かれ》は理由もなくあんなことをする猫《ねこ》じゃない。それに、窓ガラスが割られたというのに、おじいさんが飛び出てこなかったのもおかしい。ただごとじゃないと思った。その時、ガスの臭《にお》いに気づいたんだ」

「なるほどね。でも、おじいさんはどうして気づかなかったんだろう？」

「それは……たぶん、鼻風邪《はなかぜ》をひいてマスクをしてたくらいだからね。鼻がきかなかったんだと思う」

「そっかぁ!!」

瑠香《るか》も元《げん》も感心した。

それに、夢羽《むう》がラムセスのことを信頼《しんらい》しているからこその推理《すいり》だ。そんなふうに思えるペットがいる夢羽《むう》がいいなぁと元《げん》は思った。

いや、ラムセスはペット……なんかじゃないだろう。

親友？　家族？　ボディガード？　相棒《あいぼう》？　きっとそのすべてであり、かけがえのない存在《そんざい》。

ラムセスは窓際《まどぎわ》の日だまりで長々と体を伸《の》ばし、毛繕《けづくろ》いをしていた。その黄金色に輝《かがや》く毛皮や見事な斑点模様《はんてんもよう》、ピンと張《は》ったヒゲは猫《ねこ》というより、豹《ひょう》のようだった。

かっこいいなぁ！

元《げん》はラムセスのことを改めて見て、つくづくそう思った。

5

この騒動《そうどう》には後日談があった。

一週間ほどたってから、柳《やなぎ》が菓子折《かしおり》を持ってやってきたのだ。

「あんたらはわたしの命の恩人《おんじん》だ。本当にありがとう！」

彼《かれ》はそう言って、ツルツルの頭を深々と下げた。

その日、どうしてもみんなに礼が言いたいからと、元《げん》も瑠香《るか》も夢羽《むう》の家に来ていた。

夢羽《むう》は首を振《ふ》り、後ろを見た。

「いえ、礼を言っていただけるのなら、彼に言ってやってください。本当の発見者は彼ですから」

そこには、手術《しゅじゅつ》を終えたラムセスがいた。

彼としては不本意だろうが、これでもう大手を振《ふ》って外に出してもらえる。

「ああ、そうか……いつぞやは無礼《ぶれい》なことを言った。悪かったね。では、改めて特上のキャッツフードでも持ってこよう」

柳《やなぎ》はそう言うと、ラムセスの頭を軽くなでた。

ラムセスは怒《おこ》りもせず、おとなしくなでられている。そのようすを見て、柳《やなぎ》はほっとした顔になった。

「はは、よかった。すっかり嫌《きら》われているかと思ったからねぇ」

「ラムセスはそんなに大人《おとな》げなくはないです。さあ、お茶でもいかが？」

塔子《とうこ》が紅茶《こうちゃ》を運んできた。

たちまちいい香《かお》りが室内に満ちる。

柳《やなぎ》は勧《すす》められるまま、椅子《いす》にゆっくりと腰《こし》かけ、笑った。

「命があるというのは本当にありがたいことだ。今回のことで、わたしもつくづくそう思ったよ。桃香《ももか》の血統《けっとう》がどうしたとか、コンテストで優勝《ゆうしょう》するとか、そういうことにこだわるのがバカらしくなった。命の尊《とうと》さはそういうことでは計《はか》れないよ」

「そういえば、桃香《ももか》ちゃん、柳《やなぎ》さんが入院していた時、どうしてたですか？」

塔子《とうこ》が聞くと、柳《やなぎ》は紅茶《こうちゃ》のカップとソーサーを持ち、答えた。

「あぁ、娘《むすめ》がね。面倒《めんどう》を見に来てくれてたんだ」

「そういえば、柳《やなぎ》さん、いつもひとり暮《ぐ》らしか？」

「そうなんだよ。去年、ばあさんが死んで、嫁《よめ》に行った娘がいっしょに暮らそうかと言ってくれてたんだが、まぁ、それも居心地《いごこち》が悪そうだからな。桃香《ももか》とふたりで暮らしているほうが、なんぼか気楽だと思ってね。そう言って突《つ》っぱねたら、娘とケンカになっちまって……今回のことがあるまで、ずいぶん会ってなかったんだ」

柳《やなぎ》はがぶりと紅茶《こうちゃ》を飲み、息をついた。

「あれ？　でも、表札《ひょうさつ》のとこ、かわいいプレートがかかってたけど……」

と、瑠香《るか》が言いかけたが、途中《とちゅう》で言葉をのんだ。

娘《むすめ》さんがお嫁《よめ》さんに行って、奥《おく》さんが亡《な》くなったけれど、表札はそのままにしてたのかも。口に出した後ですぐそう思いついたからだ。

柳《やなぎ》は苦笑いを浮《う》かべた。

「ああ、あれは桃香《ももか》がうちに来た時に、うちのばあさんが作ったやつだよ。まぁ、なんとなくはずしそびれてたんだ……」

柳《やなぎ》はがぶりと紅茶を一口飲み、そのカップのなかを見つめながら言った。

「ま、とにかく。今回のようなこともある。娘もあわててかけつけてくれてね。ずっと看病《かんびょう》してくれたんだ。ま、これからは、あまり意地《いじ》を張《は》らず、娘とももまた仲良くしようと思ってるよ」

顔を上げた柳《やなぎ》の肩《かた》を塔子《とうこ》がポンとたたいた。

「それがいいデース！　今度から、わたしも時々遊びに行くよ。あんたも来るといいデスね！」

これには柳《やなぎ》もびっくり。

みんなもポカンとしていたが、次の瞬間《しゅんかん》、ドっと大笑いした。

＊＊＊

さて、この後日談にはさらに後日談がある。

それから二ヶ月ほどしてからのこと。

すっかり春……というより、初夏。木々は瑞々《みずみず》しく光り、黒い燕尾服《えんびふく》を着たツバメもさわやかな空を切り取るように飛んでいる。

登校するなり、瑠香《るか》が血相《けっそう》を変えて夢羽《むう》と元《げん》に報告《ほうこく》した。

「た、た、た、大変‼　桃香《ももか》ちゃんが赤ちゃん産《う》んだんだって‼」

これにはいつも冷静な夢羽《むう》も驚《おどろ》き、持っていたペンケースを取り落としてしまった。

学校が終わると、さっそく三人は柳《やなぎ》の家へ急行した。

初夏の日差《ひざ》しであふれる庭、きちんと干《ほ》された洗濯物《せんたくもの》の横の縁側《えんがわ》に柳《やなぎ》が座《すわ》っていた。

例のラムセスがぶち割《わ》ったガラス窓《まど》（もちろん、とっくに修理済《しゅうりず》みだ）のあるところだ。

「ああ、やってきたね！」

柳《やなぎ》は目を細め、三人を出迎《でむか》えた。

「も、も、も、桃香《ももか》ちゃんが赤ちゃん産《う》んだって……！　はぁ、はぁ」

息を切らしてやってきた瑠香《るか》が聞くと、柳《やなぎ》は「まぁとにかく見てみなさい」と、大きなカゴを見せた。

そこにはすっかり母親の貫禄《かんろく》で寝《ね》そべるチンチラの桃香《ももか》と、桃香《ももか》そっくりのちっちゃなチンチラの子猫《こねこ》が二匹《ひき》。まるで白い毛玉のようなその子たちは、「ミィー、ミィー！」とかぼそい声をあげながら、あっちふらふらこっちふらふら、動いていた。

でも、その天使のようなかわいい姿《すがた》より何より、元《げん》たち三人の目をひいたのは、もう一匹の子猫だった。

他の子猫たちとはまったく違《ちが》う風貌《ふうぼう》のその子は、急に飛び上がったかと思うと、ゴロンとひっくり返ったり、他の猫《ねこ》たちに噛《か》みつこうしてひっくり返ったり。

サイズはちっちゃいが、そのくっきりした斑点模様《はんてんもよう》といい、はっきりした目鼻立ちといい、どう見たって、ラムセスのミニチュアだった。

「こ、こ、この子たちのパパって…………‼」

瑠香《るか》はそう言ったきり、絶句《ぜっく》した。

元《げん》も夢羽《むう》も、同じように言葉を失っていた。

「いやぁあ、あんたらを驚《おどろ》かしたくってね。今まで黙《だま》っておったんだよ。は――っはっはっはっは‼　こりゃおかしい」

柳《やなぎ》の楽しそうな笑い声が響《ひび》き、猫《ねこ》たちはびっくりして顔を上げた。

まだ何も見えない青みがかった丸い目をさらに丸くする。そして、声をそろえ「ミィー、ミィー！」と鳴いたのだった。

おわり

IQ《アイキュー》探偵《たんてい》ムー

キャラクターファイル

IQ《アイキュー》探偵《たんてい》ムー

キャラクターファイル

#20

名前《なまえ》………**小日向《こひなた》徹《とおる》**

年《とし》…………43歳《さい》

家族構成《かぞくこうせい》…妻《つま》／真理《まり》　長女《ちょうじょ》／裕子《ゆうこ》　次女《じじょ》／弘子《ひろこ》

性格《せいかく》………子供思《こどもおも》いの優《やさ》しい先生《せんせい》。子供《こども》の自主性《じしゅせい》を尊重《そんちょう》している。

あだ名《な》……ぷくぷくした体型《たいけい》からか、よくおならをするせいか、
子供《こども》たちからは「プー先生《せんせい》」と呼《よ》ばれている。

あとがき

今回は、「逆上《さかあ》がり」が登場します。

日本の小学生なら、いつかは越えなくてはならない壁《かべ》ですよね。……って、もちろん、そんなのは壁だとも思ってないスポーツ少年少女たちもいると思うけど。

えへへ、ここでカミングアウトしますね。

実は、わたし……結局逆上がりできなかったんですよ。でも、わたしだけじゃないですよ。この本を出版《しゅっぱん》してくださっているジャイブ出版社の社長さん、石川《いしかわ》さんだってできなかったはず！　いやいや、彼女《かのじょ》は自転車も乗れませんからね、今も。ははは。でも、立派《りっぱ》に出版社の社長さんやってるんだもの。ぜんぜん気にする必要ないです。そうそう、編集《へんしゅう》の鈴木《すずき》裕子《ゆうこ》さんなんてね。好きな男子の前でだけできたんですって。とにかく人にはいろいろ得意なジャンル、不得意なジャンルあるんですから。

わたしは小学生の頃《ころ》、勉強も運動も苦手だって思いこんでいました。なぜかっていうと、母親ができないできないってわたしに言ってたからです。毎日毎日言われ続けると、どんどんそうなんだって洗脳《せんのう》されていくもんでしょう?

ま、きっと母はそうやってわたしにハッパをかけ、やる気を出させようとしたんでしょうが、そのもくろみは見事にはずれ、どんどん自信をなくしていき、しまいに自分はできない子なんだと信じこんでしまったのです。

結果、運動会でもいつもビリだったし、勉強もパっとしませんでした。

でもね、中学生になって初めての大きな試験があって、学年で二十位になったんですよ。二百五十人くらいいたんだから、すごいでしょ?

びっくりしたの、なんのって。

なーんだ、わたしって意外とできるじゃないの!? ってね。このことがあって、母がわたしにかけていた「おまえはできない」という魔法《まほう》が解《と》けてしまいました。

それからというもの、運動もできるようになったし、引《ひ》っ込《こ》み思案《じあん》だった性格《せいかく》もなおりました。

でも、それでもやっぱり「逆上《さかあ》がり」はできないままでしたね。

だから、わたしの人生において「逆上がり」というのはとっても大きな壁《かべ》のまま、ぽつんと立ってるんです。

わたしには娘《むすめ》がいますが、子供《こども》のころから体育が苦手《にがて》だって思わないでほしいって思ってました。だから、ちょっとしたことでも「すごいなー！」とほめて、ほめて育てました。

結果、体育が大好きな女の子になりました。もくろみ、大成功です。逆上《さかあ》がりもちょっと苦戦《くせん》してましたが、なんとかクリアしました。逆上がりの練習にはずいぶん付き合いましたが、何せ、自分ができたことがないものです。どうアドバイスすればいいかわからず、あせりました。だから、成功した時には涙《なみだ》が出るほどうれしかったものです。

まるで、自分の残してきた壁《かべ》を娘が代わりに越えていってくれたような気がしたものです。娘もほっとしたんでしょうね。すっごくうれしそうにしてました。

何が言いたいかと言うとですね、ま、そういうわけだから、たかが逆上がり、されど逆上がりってことです。

できないからと言って、そんなに落ちこむこともないけど、できたらできたで、その達成感はすごくあると思うからがんばってほしいですね。

さて、ここで感謝《かんしゃ》をささげなくてはならない人がいます。

お友達《ともだち》であり、いつもわたしのアドバイザーとして協力してくださっている藤田誠《ふじたまこと》さん。この前の『あの子は行方不明《ゆくえふめい》』も今回の『時を結ぶ夢羽《むう》』も、いっしょにストーリーを考えてくださいました。特に『あの子は……』の時には、自分の学生時代のことを思いだして、よりリアルなアドバイスをしてくださいました。ほんとにありがとうございます。

藤田さんは逆上《さかあ》がり、できたのかな？　今度聞いてみようっと。

というわけで、みなさん、いつも応援《おうえん》ありがとうございます。ファンレター、全部読んでますよ！　全員には無理ですが、少しずつお返事も書いています。

これからもよろしくお願いしますね。

ここで、少し、わたしが書いている他《ほか》のシリーズについて書かせてください。

まず、『IQ探偵《たんてい》タクト』。夢羽《むう》たちの住んでいる銀杏《いちょう》が丘《おか》の隣町《となりまち》、楓町《かえでまち》に住む天才少年探偵、拓斗《たくと》とその拓斗《たくと》のことが大好きな未来《みく》のコンビがいろんな謎に挑戦《ちょうせん》していくお話です。今に夢羽《むう》たちも登場する予定ですから、楽しみにしててくださいね！

それと『フォーチュン・クエスト』。剣《けん》と魔法《まほう》の世界のファンタジー小説ですが、ものすごい勇者なんていうのはあまり出てきません。

かわいいけど方向音痴《ほうこうおんち》のマッパー（冒険《ぼうけん》の時に地図を描《か》く人）、口が悪くて逃《に》げ足《あし》の早い盗賊《シーフ》だとか、人がよくって気が優《やさ》しい不運な戦士《ファイター》、かたことでしか話せないけど、すっごい食《く》いしんぼうでちっちゃなエルフの魔法使《まほうつか》いだとか。

そんな凸凹《でこぼこ》パーティがハラハラどきどきな冒険にまきこまれ、わあわあきゃあきゃあ大騒《おおさわ》ぎしつつ、たまにはホロっとしたりジワっとしたり、大笑いしたり……っていうストーリーなんです。

これね。なんと二十年も書いてます、わたし（笑）。実は、今も新しい冒険を書いていますが、あいかわらず楽しいんですよねぇ。

『IQ探偵《たんてい》タクト』、『フォーチュン・クエスト』もぜひ読んでみてください。夢羽《むう》ちゃんが好きなあなたなら、きっと気に入ってくれると思いますよ。

深沢《ふかざわ》美潮《みしお》

IQ探偵シリーズ⑬
IQ探偵ムー 時を結ぶ夢羽

2009年3月　初版発行
2017年11月　第6刷

著者　深沢美潮《ふかざわみしお》

発行人 長谷川 均

発行所 株式会社ポプラ社
〒160-8565 東京都新宿区大京町22-1
[編集] TEL:03-3357-2216
[営業] TEL:03-3357-2212
URL www.poplar.co.jp
[振替] 00140-3-149271

イラスト　山田Ｊ太
装丁　荻窪裕司（bee's knees）
DTP　株式会社東海創芸
編集協力　鈴木裕子（アイナレイ）

印刷・製本 大日本印刷株式会社

ISBN978-4-591-10870-3 N.D.C.913 173p 18cm
Printed in Japan

本書は、2008年７月にジャイブより刊行されたカラフル文庫を改稿したものです。